Organize-se

BERNADETTE CUXART

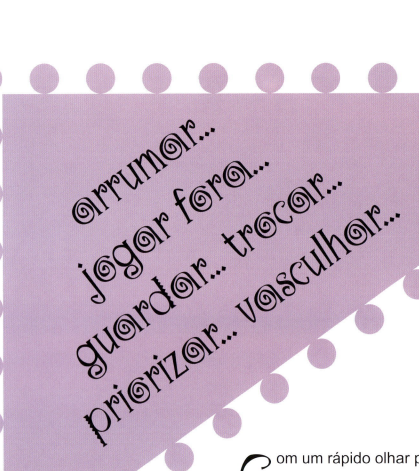

arrumar... jogar fora... guardar... trocar... priorizar... vasculhar...

Com um rápido olhar pelo local que uma criança usa para estudar, é possível perceber se ela é organizada ou não.

ORDEM no nosso interior, priorizando e organizando tudo o que faz sentido na nossa vida, deixando para trás as trivialidades que impedem nosso crescimento pessoal.

ORDEM ao nosso redor, sendo capaz de criar espaços onde cada coisa está em seu lugar e em nenhum outro.

Pôr a ORDEM em prática nos faz: organizar, jogar fora, trocar, guardar, priorizar, vasculhar e estabelecer novos objetivos.

Precisamos de ORDEM para viver, pois não devemos nos esquecer de que a ordem também facilita o nosso dia a dia...

Vinyet Montaner
Diretora-pedagógica da Escola Santa María del Pino de Alella (Barcelona – Espanha)

Objetivos do livro

Este livro, além de ensinar a criança como organizar sozinha suas coisas, também ajuda a desenvolver uma série de valores muito importantes que devem ser apresentados às crianças desde cedo na vida:

AUTOESTIMA
A satisfação de conseguir realizar coisas sozinho e saber que aquilo que foi feito é útil.

ORDEM
Os projetos foram desenvolvidos para reforçar bons hábitos, principalmente o da ordem, mas também higiene, leitura, bom comportamento...

RECICLAGEM
A reciclagem é um valor muito discutido e necessário hoje em dia. Aprendemos a reutilizar materiais que não mais usamos para fazer novas coisas que nos serão muito práticas e úteis. Tudo isso nos ajuda a usar a nossa imaginação e respeitar o meio ambiente.

ECONOMIA
Muitas vezes gastamos demais comprando itens que podemos fazer com materiais que temos em casa. Hoje em dia é muito positivo incentivar a economia. Vamos gastar nosso dinheiro com coisas de que realmente precisamos.

Sumário de ATIVIDADES

Porta-trecos, 6

Placa de "não perturbe", 8

Caixinhas, 10

Caixas de brinquedos, 12

Porta-trecos de centopeia, 14

Pato de roupa suja, 16

Kit de limpeza de sapatos, 18

Calendário, 20

Suporte para esponja, 22

Caixa de presilhas, 24

Suporte para elástico de cabelo, 26

Bloco de notas, 28

Kit de higiene dental, 30

Suporte de bichinhos de pelúcia, 32

Cofrinhos, 34

Prendedores versáteis, 36

Foguete noturno, 38

Cabides decorados, 40

Porta-joias, 42

Capa de pijama e almofada, 44

Cestinha de banheiro, 46

Suporte de roupa, 48

Queijo medidor, 50

Bolsinhas de pano, 52

Separador de gaveta, 54

Quadro de cortiça com fitas, 56

Almofada de tachinhas, 58

Conjunto de pastas, 60

Caixa com alças, 62

Caixa de arquivo do mar, 64

Cesto de lixo para papel, 66

Baú do tesouro, 68

Potinho de apontador, 70

Suporte para fotos, 72

Fichário e Capa de livro, 74

Carrinho para brinquedos, 76

Jogo americano e Anel de guardanapo, 78

Conjunto de mesa, 80

Dobrador de meias, 82

Dobrador de camisetas, 84

PORTA-TRECOS

Idade recomendada: *A partir de 6 anos*
Nível de dificuldade: ☺

Materiais

- Caixas de tamanhos diferentes
- Papel micro-ondulado
- Papelão
- Papel-cartão
- Tesoura
- Cola
- Fita adesiva dupla face
- Tintas e pincéis
- Esponja
- Palito de sorvete
- Bucha de limpeza
- Palitos de dentes

COMO FAZER?

1 Corte as caixas de tamanhos diferentes e limpe-as. Posicione-as da maneira que mais lhe agrada e fixe-as com fita adesiva dupla face e cola.

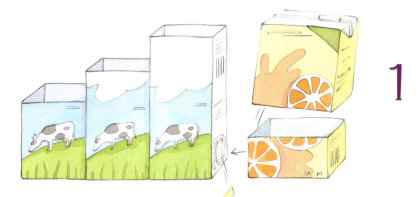

2 Para fazer os telhados, recorte um pedaço de papel-cartão e dobre-o três vezes para formar um triângulo, e faça mais uma pequena aba. Fixe-o conforme mostra a imagem e cole um retângulo de papel micro-ondulado em cima com fita adesiva dupla face.

3 Faça uma árvore recortando um círculo da bucha de limpeza. Insira o palito de sorvete dentro do círculo com um pouco de cola e deixe secar.

4 Coloque um pouco de cola atrás do palito e fixe-o na caixa mais baixa, a qual será o jardim. Deixe secar. Pinte a caixa com uma esponja, usando diferentes tonalidades de verde. Pinte as demais caixas e telhados com cores diferentes.

5 Para as varandas, faça o mesmo que nos telhados, mas dobrando o papel-cartão quatro vezes. Cole pedaços de palitos de dentes para fazer os balaústres e pinte-os de uma cor que os destaque. Pinte uma janela e acrescente alguns retângulos de papel micro-ondulado nas laterais.

6 Pinte o papelão de cinza e passe cola formando uma base que se estenda um pouco para parecer uma calçada. Acrescente quantos detalhes quiser para terminar seu porta-trecos.

Você encontrará facilmente todas as suas canetas, canetinhas, lápis e gizes de cera... bem separados e organizados.

PLACA DE "NÃO PERTURBE"

Idade recomendada: *A partir de 6 anos*
Nível de dificuldade: ☺

Materiais

- Papelão
- Papel colorido
- Tesoura
- Papel contact transparente
- Tintas, canetas ou lápis
- Cola bastão
- Lápis
- Compasso

1

COMO FAZER?

1 Recorte um retângulo de aproximadamente 10 cm x 21 cm. Marque um semicírculo na parte de cima e um círculo menor no meio um pouco abaixo (veja a ilustração). Também marque a linha que será recortada na lateral. Faça algum desenho do que você gosta. Você pode escrever: bom-dia, boa-noite, estou brincando, estou estudando, estou arrumando o quarto, estou de mau humor...

2 Pinte como quiser.

3 Recorte as bordas do semicírculo que você desenhou. Também recorte o círculo e a linha lateral. Para terminar, decore sua placa colando papel colorido com a cola bastão. Você pode colar nuvens ou estrelas...

2

3

8

4 Plastifique ambos os lados com papel contact e recorte as beiradas, deixando uma sobra de alguns milímetros. Também recorte o círculo e a linha lateral. Se quiser usar frente e verso da placa, decore o outro lado antes de plastificar.

Com as suas placas, todo mundo da sua casa saberá o que você está fazendo. Mas você terá de explicar de forma diferente para o seu bichinho de estimação...

CAIXINHAS

Idade recomendada: *A partir de 8 anos*
Nível de dificuldade: ☺☺

COMO FAZER?

Caixa cilíndrica

1 Para a caixa cilíndrica, encontre dois rolos de papel que se encaixem um dentro do outro. Depois, encontre duas tampas plásticas: uma deve se encaixar dentro do rolo maior e a outra deve fechar o fundo. Quando colocar a tampa no fundo, o tubo externo deverá abrir um pouco, prendendo a tampa no lugar.

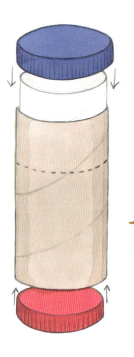

Materiais

- Papel micro-ondulado e um pedaço de papel-cartão
- Tubos de papelão (de tamanhos diferentes)
- Tampas grandes (de tamanhos diferentes)
- Fita adesiva dupla face
- Papel machê
- Tesoura
- Jornal
- Uma fita e um pedaço de barbante
- Cola branca e água

2 Dissolva a cola em água, recorte pedaços de jornal e cole-os no tubo, cobrindo-o por completo. Tudo deve estar uniforme e a tampa do fundo, bem fixa. Em seguida, deixe secar.

3 Prepare o papel machê e cubra a parte de fora da tampa com ele. Modele alguma forma decorativa e cole-a na tampa.

4 Quando tudo estiver seco, pinte como quiser.

Caixa quadrangular

1 Para a caixa quadrangular, use os moldes da página 90. Faça o contorno dos moldes em um pedaço de papel micro-ondulado e em um pedaço de papel-cartão. Quando os tiver recortado, dobre nas linhas tracejadas. Use fita adesiva dupla face e um pouco de cola para fixar as abas.

2 Você pode usar a caixa para guardar suas coisas ou também para dar de presente, decorando-a com uma fita. Se quiser enfeitá-la, faça um desenho e o recorte. Faça um furo nele, passe o barbante e prenda-o na fita.

A vantagem de fazer caixas para dar de presente para seus amigos é que você pode personalizá-las com os desenhos e cores preferidos deles.

CAIXAS DE BRINQUEDOS

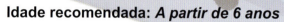

Idade recomendada: *A partir de 6 anos*
Nível de dificuldade: ☺

Materiais

- Caixas de sapato de tamanhos diferentes
- Tintas acrílicas
- Pincéis e um rolo de tinta
- Borrachas e batatas para fazer os carimbos

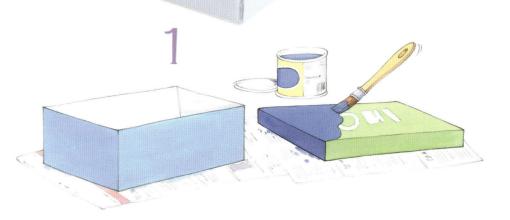

COMO FAZER?

1 Forre a mesa com jornal para não sujá-la. Agora, pinte o exterior da caixa e da tampa.

2 Quando a tinta estiver seca, decore a caixa como quiser. Você poderá fazer desenhos relacionados ao conteúdo se souber o que vai guardar nela.

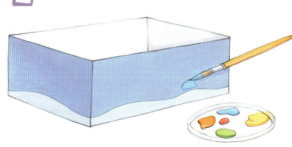

3 Borrachas podem ser ótimos carimbos para desenhos. Coloque um pouco de tinta em um prato pequeno, mergulhe um lado da borracha e pressione-o levemente contra a caixa, tentando deixá-lo uniforme. Você poderá usar a borracha de um lápis para fazer círculos.

4 Peça para um adulto cortar uma batata ao meio e recortar a figura desejada com uma faca.

Se você separar seus brinquedos nessas caixas, eles sempre estarão organizados e será mais fácil encontrá-los. Além disso, elas ainda vão enfeitar o seu quarto!

PORTA-TRECOS DE CENTOPEIA

Idade recomendada: *A partir de 6 anos*
Nível de dificuldade: ☺

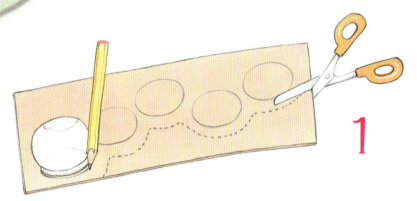

Materiais

- Potes de plástico transparentes (como potes de iogurte)
- Papelão
- Uma bola de isopor com o mesmo diâmetro do pote
- Tesoura
- Lápis
- Tintas e pincéis
- Cola
- Canetinha preta
- Um limpador de cachimbo
- Um pompom pequeno

COMO FAZER?

1 Coloque um pote virado sobre o papelão e desenhe o contorno dele, fazendo o formato que você quiser para a sua centopeia. Recorte a base da centopeia, deixando uma margem em volta dos contornos.

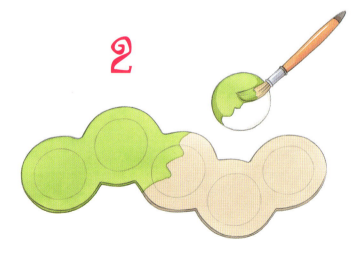

2 Pinte o papelão e a bola de isopor.

3 Passe um pouco de cola na base dos potes e cole-os no papelão.

14

4 Para enfeitar a cabeça (a bola), pinte olhos com tinta branca e canetinha. Cole o pompom, que será o nariz. Faça antenas divertidas com o limpador de cachimbo.

Suas diversas miudezas sempre ficarão organizadas neste alegre porta-trecos.

PATO DE ROUPA SUJA

Idade recomendada: *A partir de 8 anos*
Nível de dificuldade: ☺☺

Materiais

- Uma lata de tinta vazia
- Um balão grande resistente
- Tiras de jornal
- Cola branca
- Uma bacia com água
- Um pedaço de papelão
- Tinta, um pincel grosso e um rolo
- Fita adesiva dupla face
- E.V.A.
- Tesoura

COMO FAZER?

1 Dissolva a cola na água. Infle o balão de modo que ele caiba na lata de tinta e o coloque nela sem apertar muito. Cole tiras de jornal no balão, cobrindo-o por completo. Faça várias camadas, aplicando entre elas uma demão de cola.

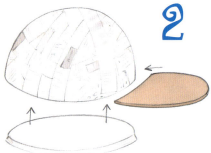

2 Deixe secar por 2 ou 3 dias. Quando estiver seco, remova cuidadosamente da lata e esvazie o balão. Se necessário, espere mais 1 dia para secar por dentro. Coloque a tampa da lata embaixo do semicírculo formado e recorte um pedaço de papelão para fazer o bico.

3 Fixe o bico na tampa usando tiras de jornal mergulhadas em cola. Coloque um pouco de papel amassado no bico para dar mais volume e fixe-o com mais tiras de jornal mergulhadas em cola. Deixe secar.

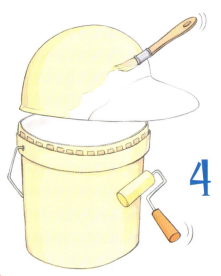

4 Quando secar completamente, você pode pintar o pato como quiser. É melhor aplicar uma demão de tinta branca por baixo, bem como usar tanto um pincel como um rolo.

5

5 Faça as asas e os pés com o E.V.A. Cole-os com fita adesiva dupla face (para os pés, acrescente também algumas gotas de cola).

Seu pato está pronto para engolir todas as suas roupas sujas. E ele está faminto! Então, não deixe suas roupas jogadas no chão!

KIT DE LIMPEZA DE SAPATOS

Idade recomendada: *A partir de 6 anos*
Nível de dificuldade: ☺

Materiais

- Uma caixa de sapato com tampa articulada
- Uma tira de papel-cartão
- Um pedaço de tecido
- Cola branca
- Um botão ou conta de madeira
- Um pedaço de arame plastificado (como os que prendem brinquedos na embalagem)
- Um pedaço de elástico
- 2 colchetes
- Tintas, pincéis e um rolo
- Uma placa de isopor
- Lápis ou caneta sem tinta
- Fita adesiva

COMO FAZER?

1 Pinte a caixa da cor que quiser. Primeiro, use o pincel e depois passe o rolo.

2 Desenhe contornos na placa de isopor (por exemplo, pegadas de animais). Com o auxílio de um lápis ou uma caneta, recorte a parte externa da forma (as partes que não serão carimbadas).

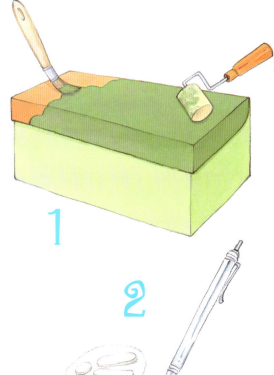

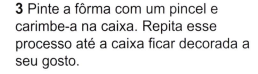

3 Pinte a fôrma com um pincel e carimbe-a na caixa. Repita esse processo até a caixa ficar decorada a seu gosto.

4 Para a alça, cubra a tira de papel-cartão com o retalho. Ela deve ser longa o bastante para permitir que a caixa possa ser aberta facilmente.

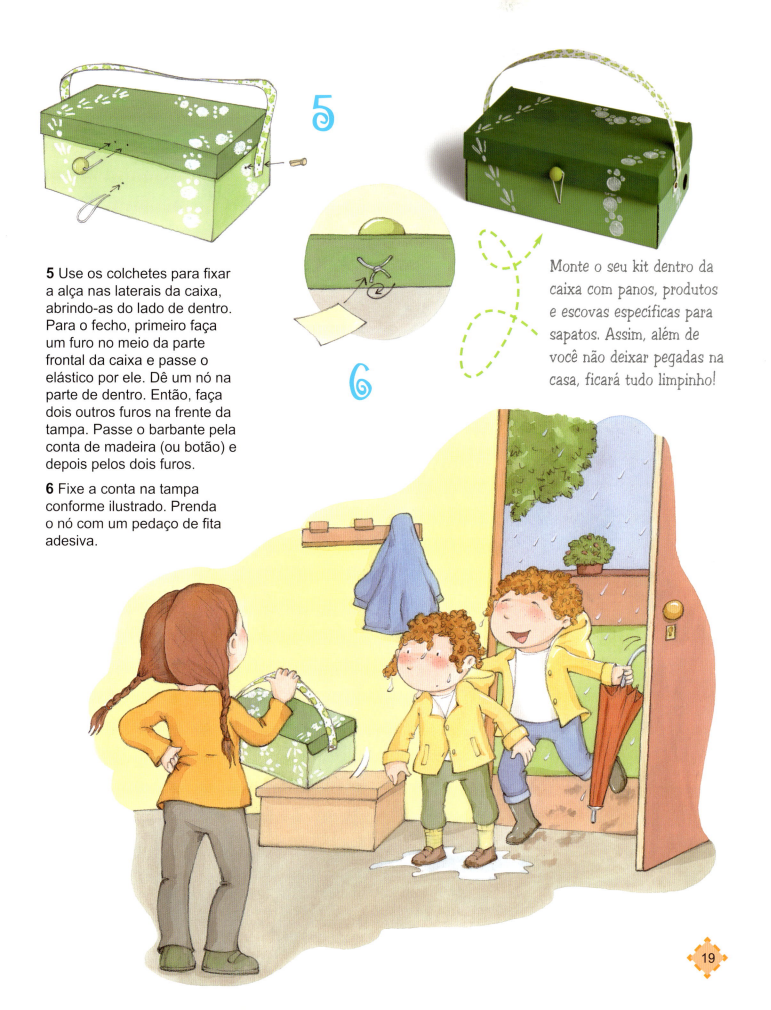

5 Use os colchetes para fixar a alça nas laterais da caixa, abrindo-as do lado de dentro. Para o fecho, primeiro faça um furo no meio da parte frontal da caixa e passe o elástico por ele. Dê um nó na parte de dentro. Então, faça dois outros furos na frente da tampa. Passe o barbante pela conta de madeira (ou botão) e depois pelos dois furos.

6 Fixe a conta na tampa conforme ilustrado. Prenda o nó com um pedaço de fita adesiva.

Monte o seu kit dentro da caixa com panos, produtos e escovas específicas para sapatos. Assim, além de você não deixar pegadas na casa, ficará tudo limpinho!

CALENDÁRIO

Idade recomendada: *A partir de 6 anos*
Nível de dificuldade: ☺☺

Materiais

- Um pedaço grande de papelão grosso
- Papel micro-ondulado colorido
- Retalhos de papelão
- Fita adesiva dupla face
- Cola branca
- Tesoura
- Canetinhas
- Velcro
- Envelopes coloridos pequenos
- Minipregadores de roupa
- Compasso ou molde para desenhar círculos

COMO FAZER?

1 Recorte o papelão grosso do mesmo tamanho que o papel micro-ondulado. Cole um ao outro com fita adesiva dupla face e cola branca. Pressione-os firmemente.

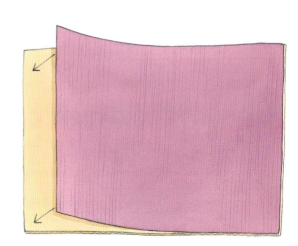

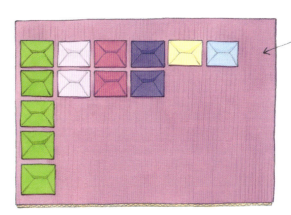

2 Recorte a aba superior dos envelopes e organize-os no papelão para formar 5 fileiras de 7 envelopes cada. Cole os envelopes.

3 Recorte 31 círculos de papel-cartão branco. Escreva os números de 1 a 31 neles e cole um pedaço de velcro atrás de cada um.

4 Agora cole a outra parte do velcro no meio de cada envelope. Todos os meses, você terá de olhar em um calendário e mudar a disposição dos números.

5 Recorte retângulos de papel-cartão e escreva neles os meses do ano. Cole velcro neles também. Coloque a outra parte do velcro na parte superior do painel.

Coloque em seu calendário qualquer coisa de que tenha de se lembrar (deveres da escola, assuntos de casa, aniversários e festas...). Assim você nunca se esquecerá de nada!

6 Para personalizar seu calendário, desenhe suas atividades favoritas em papel-cartão. Pinte-as e recorte-as. Você pode colar as figuras em um retângulo de papel--cartão para colocá--las nos envelopes, ou fixá-las com um miniprendedor de roupas.

21

SUPORTE PARA ESPONJA

Idade recomendada: *A partir de 6 anos*
Nível de dificuldade: ☺

Materiais

- Bandejas de isopor
- Fitilho de amarrar presentes ou ráfia
- Pincel
- Tinta acrílica
- Cola
- Tesoura

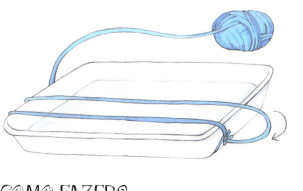

COMO FAZER?

1 Passe o fitilho em volta da bandeja, deixando-o esticado, e dê um nó. Continue fazendo isso paralelamente ao longo de toda a bandeja. Termine com um nó.

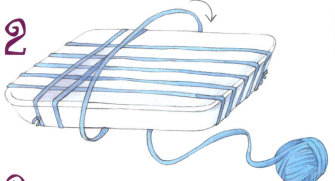

2 Repita o mesmo processo, mas desta vez em sentido perpendicular às primeiras. No final, você terá uma grade.

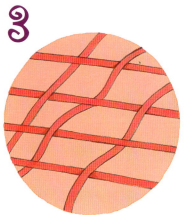

3 Você poderá tentar entrelaçar os fitilhos, passando por baixo e por cima dos primeiros fitilhos.

4 Para personalizar, você pode recortar uma forma de um pedaço de isopor e decorá-la. Também pode recortar acessórios decorativos e colá-los na sua figura.

CAIXA DE PRESILHAS

Idade recomendada: *A partir de 8 anos*
Nível de dificuldade: ☺☺

Materiais

- Uma caixa redonda (como uma caixa de queijo)
- Cartolina
- Tecido estampado
- Fita de cetim lisa
- Cola
- Lápis e tesoura

COMO FAZER?

1 Recorte uma tira de cartolina mais alta que a caixa. Passe cola e fixe-a dentro da caixa.

2 Cole uma tira de tecido colorido ao redor da parte externa, deixando alguns milímetros sobrando na base. Cole também uma tira de fita de cetim conforme ilustrado.

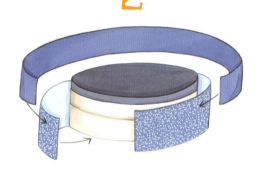

3 Cole o tecido saliente embaixo da caixa. Recorte um círculo de tecido do mesmo tamanho da base e cole-o nela. Você pode usar uma tesoura de picotar para um efeito zigue-zague na borda, conforme ilustrado.

4 Desenhe um círculo um pouco maior que a tampa no tecido estampado.

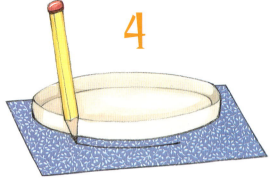

5 Recorte-o, passe cola e fixe-o na parte superior da tampa.

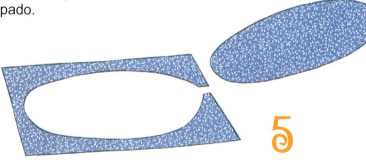

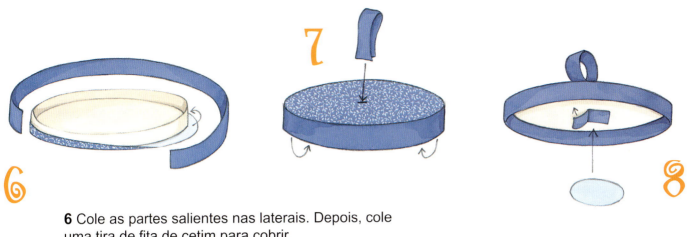

6 Cole as partes salientes nas laterais. Depois, cole uma tira de fita de cetim para cobrir.

7 Com a ajuda de um adulto, faça um furo na tampa com uma tesoura e passe por ele uma tira de fita de cetim dobrada.

8 Dentro da tampa, abra as pontas da fita de cetim e cole-as. Recorte um círculo de cartolina e cole-o sobre a fita de cetim para reforçar.

Esta caixa é ótima para guardar miudezas como presilhas de cabelo, anéis... ou moedas de chocolate!

SUPORTE PARA ELÁSTICO DE CABELO

Idade recomendada: *A partir de 8 anos*
Nível de dificuldade: ☺☺

Materiais

- Um tubo longo de papelão (papel toalha ou papel alumínio)
- Cola e um pincel
- Pedaço de tecido
- Pedaço de plástico duro (garrafa de água ou detergente)
- Tesoura
- Pedaço de fita de cetim
- Compasso

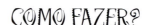

COMO FAZER?

1 Recorte um retângulo de tecido suficiente para cobrir o tubo. Procure deixar 3 centímetros sobrando de um lado e 6 centímetros do outro. Passe cola no tubo e cubra-o com o tecido.

2 Passe cola na aba pequena e cole-a dentro do tubo.

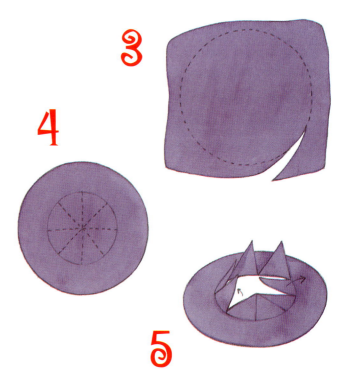

3 Para fazer a base, desenhe com um compasso um círculo no pedaço de plástico com um diâmetro 3 centímetros maior que o do tubo. Recorte-o.

4 Use o compasso novamente para desenhar outro círculo com o mesmo diâmetro do tubo dentro do círculo que você já recortou. Marque duas cruzes nele, conforme mostra a imagem.

5 Peça ajuda a um adulto para fazer um furo no centro do círculo, pelo qual possa passar a tesoura. Corte as linhas até o círculo menor e dobre as abas para cima.

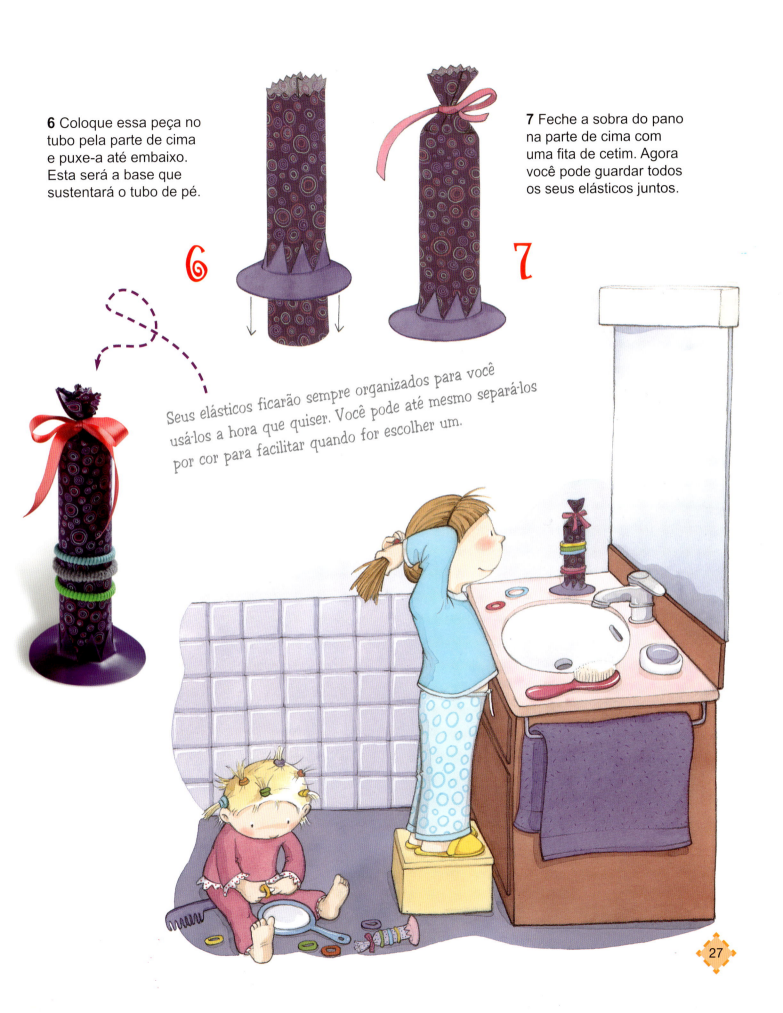

6 Coloque essa peça no tubo pela parte de cima e puxe-a até embaixo. Esta será a base que sustentará o tubo de pé.

7 Feche a sobra do pano na parte de cima com uma fita de cetim. Agora você pode guardar todos os seus elásticos juntos.

Seus elásticos ficarão sempre organizados para você usá-los a hora que quiser. Você pode até mesmo separá-los por cor para facilitar quando for escolher um.

BLOCO DE NOTAS

Idade recomendada: *A partir de 8 anos*
Nível de dificuldade: ☺☺

COMO FAZER?

1 Recorte vários pedaços de papel para rascunho usando um molde de papelão para deixá-los do mesmo tamanho. Empilhe-os deixando o lado branco virado para cima. Passe bastante cola na lateral superior, colocando o papelão embaixo da última página. Depois, coloque um peso em cima (como um livro grosso) e deixe secar. Você já tem seu bloquinho de notas reciclado!

Materiais

- Papelão grosso
- Tintas e pincéis
- Tesoura
- Tubo de papelão estreito (por exemplo, rolo de papel de fax)
- Papel para rascunho
- Cola
- Fita adesiva
- Isopor
- Um pedaço de fita de cetim

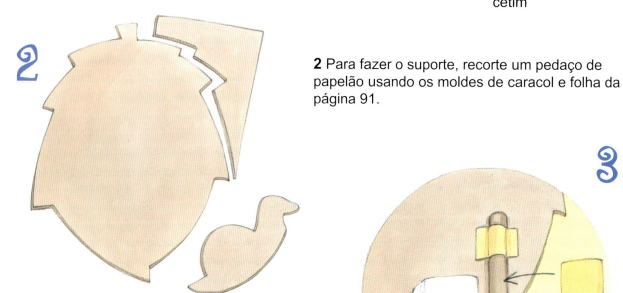

2 Para fazer o suporte, recorte um pedaço de papelão usando os moldes de caracol e folha da página 91.

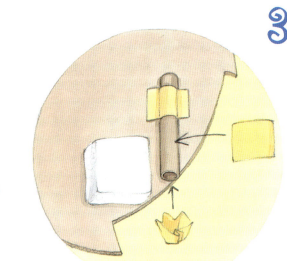

3 Recorte um pedaço do tubo para colocar o lápis – você também pode fazer esse rolinho com papelão. Use fita adesiva para tampar o fundo e também para fixá-lo no papelão. Cole um pedaço de isopor próximo a ele (onde ficará o caracol) deixando na mesma altura de onde irá o lápis.

4 Pinte tudo, exceto a parte superior do isopor, ao qual você deve fixar um pedaço de fita adesiva dupla face. Passe um pouco de cola no tubo e também no isopor, então, cole o caracol em cima.

5 Faça dois cortes no suporte, na direção de cada um dos lados do bloquinho. Passe a fita de cetim entre a última página e o papelão do bloquinho. Insira a fita pelos cortes e dê um nó firme atrás.

Não se esqueça de que o verso de papéis que já foram usados pode ser aproveitado. Agora, você já sabe como fazer blocos de notas reciclados!

KIT DE HIGIENE DENTAL

Idade recomendada: *A partir de 6 anos*
Nível de dificuldade: ☺☺

Materiais

- Um copo
- Lápis e papel
- Um pedaço de plástico transparente (como a tampa de um pote)
- Tintas para decoração (devem ser acrílicas ou apropriadas para esse tipo de artesanato)
- Pregadores de roupa (de madeira)
- Fita adesiva dupla face
- Cola
- Um pedaço de plástico colorido (de uma garrafa de detergente, por exemplo)
- Tesoura

COMO FAZER?

1 Desenhe uma figura de seu gosto em uma folha de papel.

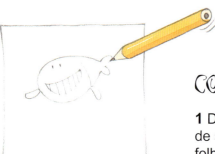

2 Coloque o plástico transparente em cima do papel e pinte seu desenho seguindo o contorno. Aplique uma boa quantidade de tinta para que a figura seja tridimensional. Se for usar mais de uma cor, é importante que elas não se sobreponham. Deixe secar.

3 Remova a figura cuidadosamente e cole-a no copo.

4 Para fazer o pregador, comece desenhando um contorno no plástico duro. Recorte-o.

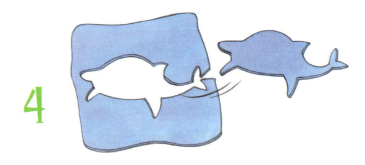

5 Decore a figura com tinta.

6 Pinte o pregador e deixe secar. Coloque um pedaço de fita adesiva dupla face e algumas gotas de cola no local onde você irá colar a figura. Cole a figura no pregador e pressione-a com o dedo por alguns segundos.

O pregador irá ajudá-lo a usar o creme dental até o fim. E lembre-se: escove seus dentes após as refeições, quando acordar e antes de ir para a cama!

SUPORTE DE BICHINHOS DE PELÚCIA

Idade recomendada: *A partir de 6 anos*
Nível de dificuldade: ☺☺

COMO FAZER?

1 Para fazer um suporte, recorte dois quadrados do mesmo tamanho, um de papel micro-ondulado e outro de papelão.

1

2 Una os dois quadrados com fita adesiva dupla face e cola.

3 Recorte um quadrado de tecido 1,5 centímetro maior que o de papelão. Faça um furo onde ficará a rolha (o diâmetro deve ser um pouco menor que o da rolha). Passe cola do lado do papelão e cole nele o pedaço de tecido.

4 Recorte os cantos do tecido sobressalente e cole as abas atrás do quadrado. Deixe secar.

Materiais

- Papel micro-ondulado e papelão rígido
- Retalhos de tecido
- Cola
- Rolhas de champanhe
- Fita adesiva dupla face
- Grampeador ou tachinhas
- Um pedaço de corda
- Fitas de cetim coloridas
- Tesoura

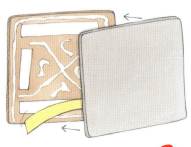

2

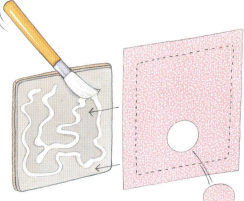

3

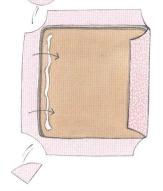

4

5 Recorte um pedaço da rolha na diagonal para ele ficar um pouco inclinado quando você o colar. Pinte ele todo, com exceção da base.

5

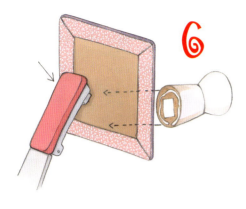

Você pode prender seus bichinhos de pelúcia com fitas de cetim. Eles servirão de decoração e ficarão organizados.

6 Coloque um pedaço de fita adesiva dupla face na base da rolha e passe um pouco de cola. Fixe-a no papelão, cobrindo o furo, e pressione firmemente. Reforce atrás com alguns grampos ou tachinhas. Deixe secar.

7 Quando estiver firme, amarre a corda nela, fazendo um laço. Peça a um adulto que o ajude a fixar o suporte na parede (com pregos ou cola quente). Você pode deixar a corda solta na vertical ou fazer outro suporte para colocar seus bichinhos de pelúcia, como mostram as imagens.

COFRINHOS

Idade recomendada: *A partir de 6 anos*
Nível de dificuldade: ☺

COMO FAZER?

Cofrinho reutilizável

1 Use a lata com tampa. Recorte um retângulo de tecido um pouco maior que a lata, de forma que a cubra completamente, deixando uma sobra de 1 centímetro. Use o pincel para passar cola no avesso do tecido e encape a lata.

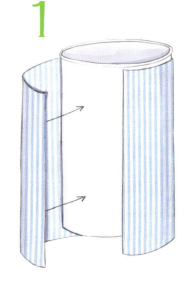

2 Dobre a sobra do tecido para baixo da base, esticando as dobras conforme ilustrado. Se necessário, passe mais cola para fixar bem.

3 Recorte uma borda decorativa de feltro e cole-a na parte superior da lata. Deixe espaço suficiente para a lata fechar corretamente. Então, peça ajuda a um adulto para fazer a abertura na tampa para as moedas e feche a lata.

4 Em um pedaço de papel, desenhe e pinte algo que você queira comprar com as suas economias. Cole o desenho no cofrinho e passe a fita de cetim ao redor dele, prendendo-a com um laço.

Materiais

- Uma lata de bebida
- Uma lata com tampa plástica (como de achocolatado)
- E.V.A.
- Tesoura
- Fita adesiva dupla face
- Cola branca e cola bastão
- Um pedaço de tecido
- Papel
- Fita de cetim
- Feltro
- Tintas e pincéis

Economizando dinheiro, você pode comprar as coisas que deseja. Guarde o que você ganha, não o desperdice. Seus pais podem depositá-lo no banco para você.

Cofrinho descartável

1 Lave uma lata vazia de bebida. Remova o anel e peça para um adulto aumentar um pouco a abertura, usando uma tesoura. Recorte um círculo de E.V.A. que se encaixe na parte de cima e faça uma abertura para as moedas. Fixe-o com fita adesiva dupla face. Então, pinte o cofrinho de uma cor só e depois o decore como quiser.

PRENDEDORES VERSÁTEIS

Idade recomendada: *A partir de 8 anos*
Nível de dificuldade: ☺☺

Materiais

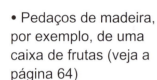

- Pedaços de madeira, por exemplo, de uma caixa de frutas (veja a página 64)
- Papelão grosso
- Um pedaço de plástico duro (garrafa grossa)
- Tintas e pincéis
- Serra para marchetaria
- Cola
- Fita adesiva dupla face
- Pregadores de roupa de madeira
- Tachinhas, um martelo e uma verruma
- Tesoura grande
- Grampeador grande

COMO FAZER?

Prendedor de ursinho

1 Para fazer os prendedores, peça a ajuda de um adulto. Desenhe um círculo na madeira, com outro círculo menor um pouco mais abaixo. Faça outra peça idêntica, mas com duas orelhinhas. Serre ambas as peças. Fixe algumas ripas de madeira na primeira peça, conforme ilustrado. Para pendurar o prendedor, faça um furo na ripa superior usando a verruma.

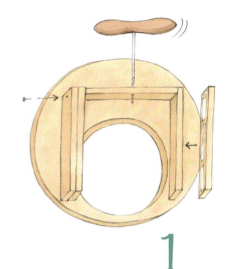

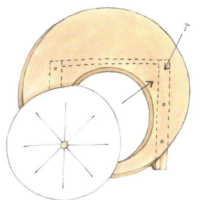

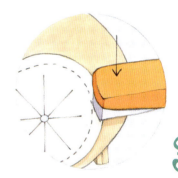

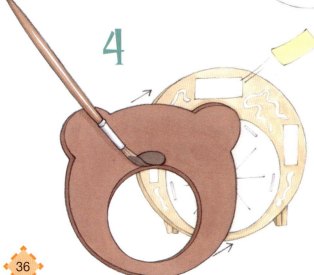

2 Vire-o e reforce as ripas com tachinhas. Recorte um círculo de plástico um pouco maior que o círculo interno. Faça quatro cortes no meio (conforme mostra a ilustração).

3 Coloque o plástico sobre a abertura e o grampeie na madeira (com o grampeador aberto).

4 Depois, pinte a peça com orelhinhas e cole-a na frente da outra com fita adesiva dupla face e cola. Para terminar, pinte o fundo e acrescente os detalhes.

Prendedor de menina

1 Desenhe o molde da página 92 em um pedaço de papelão e recorte-o. Coloque fita dupla face em dois pregadores de roupa e cole-os no papelão. Pinte todo ele.

2 Faça um furo de cada lado do prendedor para pendurá-lo na parede depois. Agora recorte o rosto de outro pedaço de papelão. Pinte-o e cole-o nos pregadores, bem centralizado. Quando você pressionar o rosto, os pregadores se abrirão e você poderá pendurar ali a roupa que quiser.

No ursinho, você poderá pendurar suas roupas de fora para dentro (como na foto) e também de dentro para fora.

FOGUETE NOTURNO

Idade recomendada: *A partir de 8 anos*
Nível de dificuldade: ☺☺

COMO FAZER?

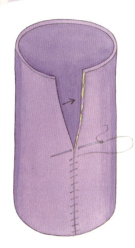

1 Recorte um retângulo de E.V.A. Para tirar as medidas, enrole o E.V.A. na garrafa que você pretende colocar dentro, sem amassá-la. Corte a uma altura que a garrafa fique um pouco mais alta. Feche o cilindro com um pouco de cola e costure as extremidades.

Materiais

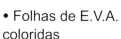

- Folhas de E.V.A. coloridas
- Cola bastão
- Linha e agulha
- Canetinha
- Papelão grosso
- Grampeador
- Compasso
- Tesoura
- Papel branco

2 Recorte uma borda de E.V.A. e cole-a na parte superior do cilindro para reforçá-lo. Depois, recorte três triângulos com abas, de outra cor, para fazer os suportes laterais. Observe as ilustrações para fazer as formas e recortá-las corretamente. Faça também três cortes na base do cilindro para inserir os suportes.

3 Finalize fazendo toda a decoração. A base pode ser reforçada com três partes de bordas. Você pode fazer uma janela redonda com um pedaço de papel e um anel de E.V.A. em volta dele. Também pode colar pequenos círculos de papel ou desenhar pequenos pontos com canetinha para fazer os parafusos.

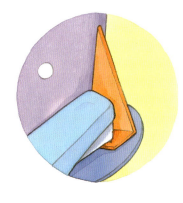

4 Recorte dois círculos grandes de E.V.A. para a base. Cole o foguete em um deles. Dobre as abas dos suportes laterais e cole-as na base também. Grampeie para reforçar a junção.

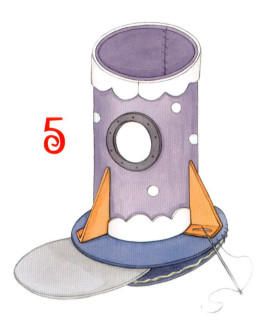

5 Para deixar seu foguete mais estável, coloque um círculo de papelão um pouco menor entre as duas partes da base. Passe um pouco de cola nas margens e costure-as.

Antes de ir dormir, certifique-se de que o seu foguete está levando provisões. Isto é, não se esqueça de encher sua garrafa caso você sinta sede durante a noite.

CABIDES DECORADOS

Idade recomendada: *A partir de 8 anos*
Nível de dificuldade: ☺☺

COMO FAZER?

Para cabides simples de madeira

1 Recorte um pedaço de tecido e espalhe cola no cabide. Dobre o tecido e cole-o dos dois lados do cabide.

2 Cole uma fita de veludo em cima para dar um acabamento melhor. Se quiser ousar, costure um laço na fita!

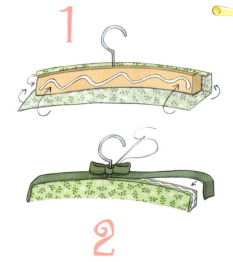

Materiais

- Cabides de roupa (de madeira ou plástico)
- Cola
- Tinta acrílica e pincéis
- Uma folha de E.V.A.
- Retalhos de tecido e fitas sortidas
- Feltro
- Tesoura
- Linha e agulha

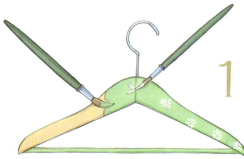

Para cabides curvos de madeira

1 Você pode pintar o cabide inteiro de uma cor só e, então, acrescentar pequenos desenhos com um pincel fino.

Para cabides de plástico

1 Coloque o cabide sobre uma folha de E.V.A. e faça o contorno dele deixando uma margem (veja o desenho 3). Recorte e costure as extremidades com linha e agulha.

2 Agora que seu cabide está bem macio, você pode cobri-lo com uma fita, por exemplo. Aplique a fita na diagonal, deixando-a bem esticada e sobrepondo as voltas para que fique firme. Prenda a ponta final usando linha e agulha.

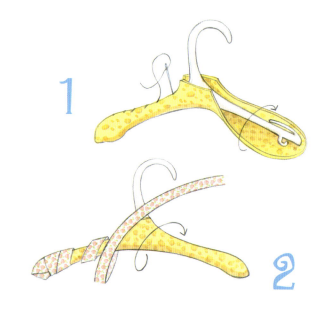

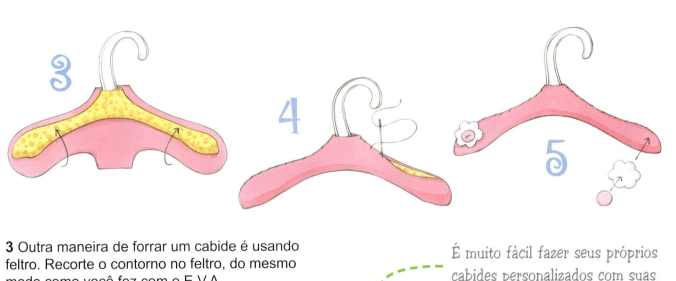

3 Outra maneira de forrar um cabide é usando feltro. Recorte o contorno no feltro, do mesmo modo como você fez com o E.V.A.

4 Costure com alguns pontos em cima. O feltro é bem fácil de costurar e os pontos não irão se desfazer!

5 Você pode decorar seu cabide com detalhes de cores diferentes, que podem ser costurados com alguns pontos.

É muito fácil fazer seus próprios cabides personalizados com suas cores e desenhos favoritos.

PORTA-JOIAS

Idade recomendada: *A partir de 8 anos*
Nível de dificuldade: ☺

Materiais

- Um pedaço de madeira, como uma caixa de frutas
- Serra para marchetaria
- Lápis
- Tinta e pincéis
- Feltro verde
- Tesoura
- Um pedaço de barbante
- Fita adesiva e dupla face
- Cola
- Argila colorida
- Parafusos

COMO FAZER?

1 Desenhe o contorno de um morango na madeira e peça ajuda a um adulto para recortá-lo com a serra.

2 Pinte e deixe secar. Passe uma segunda demão de tinta se necessário.

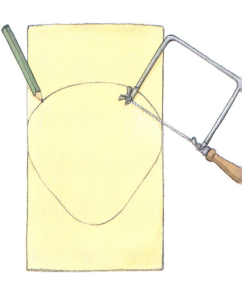

3 Faça bolinhas de argila e coloque um parafuso em cada uma delas.

4 Alguns tipos de argila precisam ir ao forno para secar completamente. Verifique as instruções na embalagem e peça ajuda a um adulto.

5 Marque no morango os pontos onde você vai colocar as bolinhas e parafuse-as.

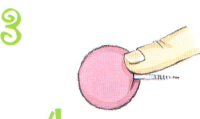

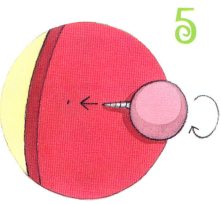

42

6 Por fim, recorte as folhas de feltro e cole-as no morango.

7 Para pendurar o morango na parede, fixe um pedaço de barbante nele usando fita dupla face. Reforce com um pedaço de fita adesiva.

texto Além de seus colares e pulseiras ficarem organizados, eles também irão decorar o seu quarto. Outra ideia é fazer uma árvore frutífera (e as bolinhas seriam as frutas).

CAPA DE PIJAMA E ALMOFADA

Idade recomendada: *A partir de 10 anos*
Nível de dificuldade: ☺☺☺

COMO FAZER?

1 Você pode usar uma camiseta que esteja pequena para você. Pode pintá-la a seu gosto.

Materiais

- Uma camiseta velha
- Tintas para tecido e pincéis (opcional)
- Tesoura
- Feltro rosa, marrom e preto
- Lã branca
- Linha grossa e agulha
- Velcro adesivo
- Espuma para enchimento

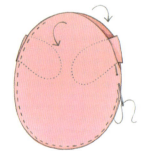

2 Recorte duas figuras ovais do mesmo tamanho de feltro rosa e as duas orelhas, que ficarão presas dentro da cabeça. Em seguida, costure a borda das duas figuras ovais juntas, deixando uma abertura em cima. Vire-a do avesso.

3 Com a cabeça do lado certo, coloque o enchimento e costure a abertura. Recorte dois círculos de feltro para os olhos e outro para o focinho. Fixe-os no lugar dando alguns pontos.

4 Faça algumas ondulações na cabeça com a lã branca e costure-a um pouco para fixá-la. Costure a cabeça na gola da camiseta, cobrindo a abertura.

5 Recorte do feltro as patas da ovelha. Costure-as nas mangas e atrás da borda inferior da camiseta.

6 Cole uma tira de velcro na parte de baixo da camiseta para que você possa abrir e fechar.

Durante o dia: guarde seu pijama dobrado dentro da ovelhinha (a almofada irá enfeitar sua cama). À noite: vista seu pijama e coloque uma almofada dentro da ovelha para fazer um companheiro macio para os seus sonhos.

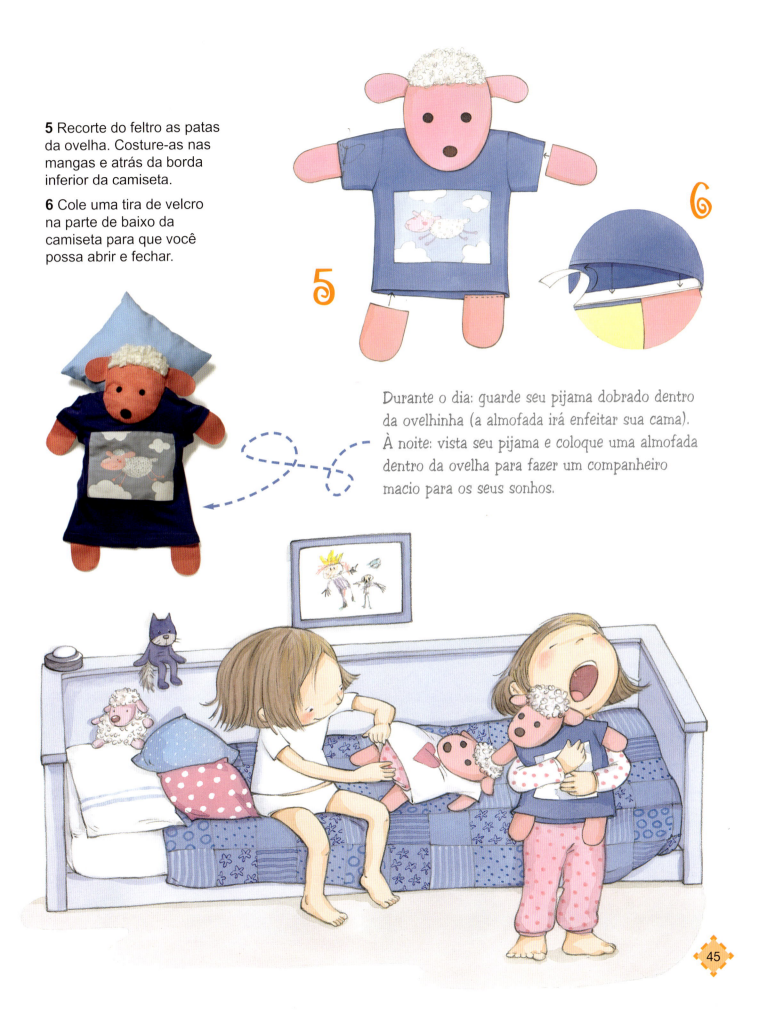

CESTINHA DE BANHEIRO

Idade recomendada: *A partir de 8 anos*
Nível de dificuldade: ☺☺

Materiais

- Um vaso de plástico
- Um saco plástico
- Barbante
- Cola branca
- Pincel grosso
- Retalho de tecido
- Tesoura
- Uma bacia com água

COMO FAZER?

1 Prepare a cola dissolvendo-a em água e mergulhe o barbante nela.

2 Coloque o vaso dentro do saco plástico. Enrole o barbante em volta do vaso, começando de cima.

3 Vá enrolando o barbante firmemente deixando as voltas bem juntas até chegar à base do vaso. Vire-o de boca para baixo e faça o mesmo no fundo, enrolando em espiral de fora para dentro. Para terminar, passe bastante cola com um pincel e deixe secar.

4 Quando estiver seco, remova o vaso e o saco plástico. Passe um pouco de cola no lado de dentro, certificando-se de que as junções estão bem fixas.

46

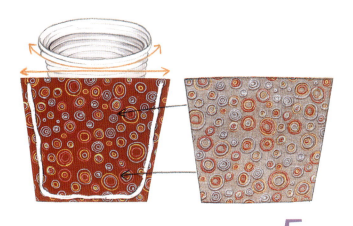

5 Para fazer o forro de tecido, meça a metade do diâmetro superior do vaso. Esta medida (deixe 1 centímetro a mais de cada lado) será a parte de cima do forro. Faça o mesmo para medir a parte de baixo. Meça a altura e acrescente mais 4 centímetros. Corte duas peças de tecido do mesmo tamanho e cole-as nas laterais. A estampa do tecido deve ficar voltada para dentro.

6 Coloque o forro dentro da cesta e dobre a parte de cima sobre a borda do vaso.

Você pode colocar sua escova e seu pente na cestinha. Também um espelho pequeno ou qualquer outra coisa que quiser.

SUPORTE DE ROUPA

Idade recomendada: *A partir de 10 anos*
Nível de dificuldade: ☺☺☺

COMO FAZER?

1 Recorte a base da garrafa e um pedaço que será usado para ajustar a altura do seu suporte de roupa. Faça três cortes na tampa, conforme ilustrado. Corte o tubo de papelão em sentido longitudinal e coloque-o dentro da tampa (neste tubo será colocado o cabo de vassoura, e ele também servirá para impedir que as pedras dificultem a entrada do cabo).

2 Coloque o cabo de vassoura dentro do tubo e vire a garrafa. Coloque então as pedras (elas não devem entrar no tubo). Sem encher a garrafa completamente, fixe na base o fundo dela que você recortou voltado para dentro. Ele servirá para tampar.

3 Prenda a base firmemente com a fita adesiva larga.

Materiais

- Um cabo de vassoura
- Um cabide de madeira (sem o gancho)
- Uma garrafa de água grande vazia
- Um tubo de papelão
- Tesoura
- Fita adesiva larga
- Pedras
- Papel-cartão
- Uma alça de garrafa grande
- Grampeador
- Tinta, pincéis e um rolo para pintura
- Fita adesiva e fita dupla face
- Cola
- Pregos pequenos e um martelo

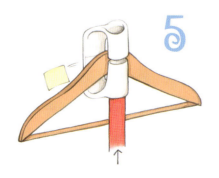

4 Encontre uma garrafa semelhante à do desenho e recorte a alça conforme a linha pontilhada.

5 Faça um corte transversal, conforme ilustrado, e passe o cabide por ele. Prenda o cabide nele com fita adesiva dupla face. Insira esta peça no cabo de vassoura.

Complete seu suporte de roupa decorando-o com alguns pregadores; você pode usá-lo para pendurar as roupas que irá usar no dia seguinte.

6 Cubra o corte que você fez na alça da garrafa com fita adesiva. Prenda o cabide com dois pregos. Cole um pedaço de papelão na frente, usando fita adesiva dupla face e cola (você também pode grampear). Usaremos esse papelão para colar a cabeça no suporte de roupa.

7 Recorte uma cabeça de papel-cartão e decore-a como quiser, por exemplo, uma carinha de sol. Pinte todo o suporte. Quando ele estiver seco, fixe a cabeça usando fita adesiva e cola.

QUEIJO MEDIDOR

Idade recomendada: *A partir de 6 anos*
Nível de dificuldade: ☺

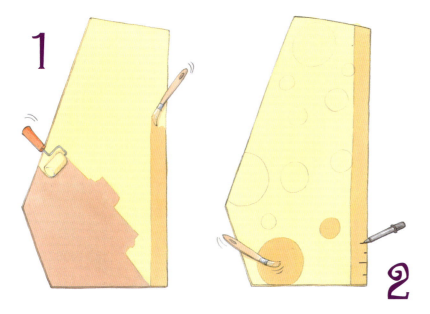

Materiais

- Papel micro-ondulado resistente
- Tintas, pincéis e um rolo de pintura
- E.V.A. colorido
- Tesoura
- Fita adesiva dupla face
- Cola bastão
- Lápis e régua
- Marcador permanente preto
- Um pregador de roupa
- Pequenos tubos de plástico
- Limpador de cachimbo
- Grampeador

COMO FAZER?

1 Recorte o papelão no formato de um pedaço de queijo, deixando um lado reto. Pinte o fundo com o rolo. Faça uma faixa mais escura na lateral, onde você irá marcar os números.

2 Pinte círculos mais escuros de tamanhos diferentes para simular os buracos. Use uma régua para marcar os números a lápis. Mas preste atenção: leve em conta a altura que você colocará o medidor. Os números são contados a partir do chão, então comece, por exemplo, em 50 centímetros.

3 Para fazer os ratos, recorte um semicírculo de E.V.A. (use o molde da página 92). Enrole-o formando um cone, sobrepondo as laterais cerca de 2 centímetros. Una as laterais com fita adesiva dupla face e cola, fixando o limpador de cachimbo para fazer a cauda do rato.

4 Reforce a junção com grampos. Se o grampeador não alcançar a parte interna, abra-o e grampeie sobre um quadro de cortiça ou algo macio. Então, feche os grampos.

5 Faça os cortes conforme ilustrado no modelo (é mais fácil fazer isso antes de colar tudo). Recorte as orelhas de cores diferentes e cole as pontas nos cortes. Passe uma tira de plástico pelos furos do focinho.

6 Desenhe os olhos e o focinho com o marcador. Fixe um pregador de roupa no fundo com cola e fita adesiva dupla face. O rato irá marcar a sua altura no medidor. (Para usar o marcador de rato, você terá de separar um pouco o queijo da parede, usando alguns pedaços de papelão.) Faça outros ratos e fixe-os no queijo com cola e grampeador.

Você pode colar fitas métricas já prontas em seu medidor em vez de escrever os números.

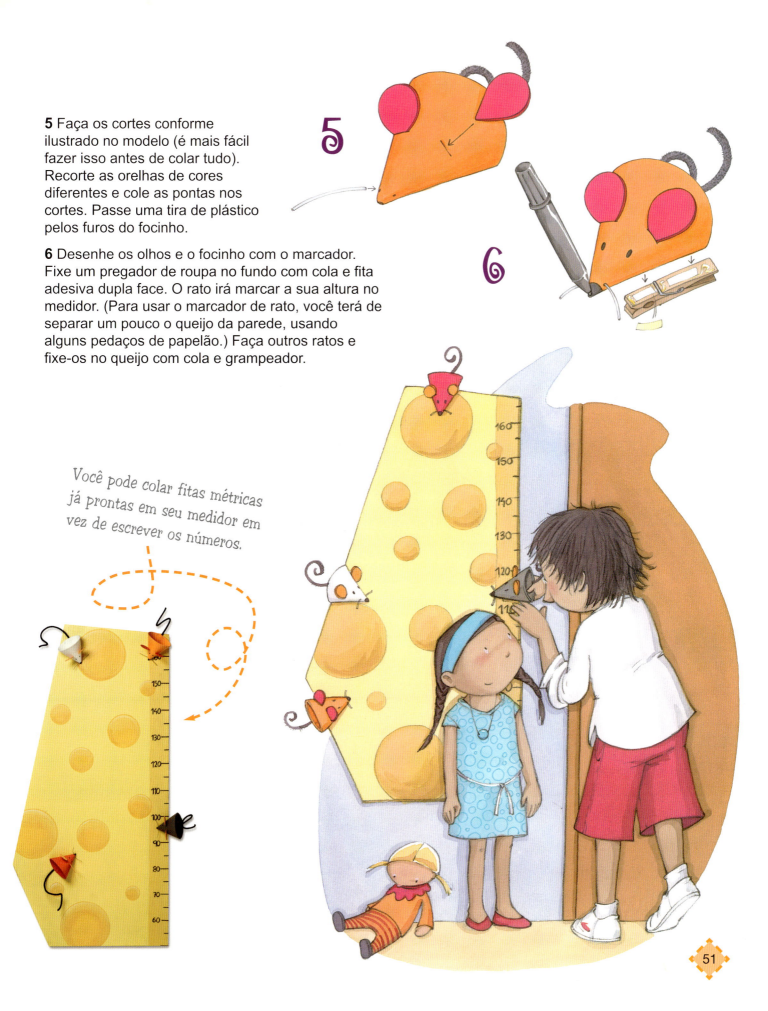

BOLSINHAS DE PANO

Idade recomendada: *A partir de 8 anos*
Nível de dificuldade: ☺☺

Materiais

- Feltro
- Meia (que você não use mais)
- Retalhos de tecido
- Fitas de cetim
- Linha grossa e agulhas (uma normal e outra mais grossa)
- Elásticos pequenos
- Botões
- Tesoura normal e de picotar
- Velcro adesivo

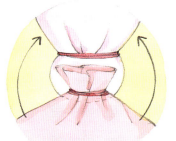

COMO FAZER?

Bolsinha de meia

1 Recorte o pé de uma meia.

2 Feche bem o corte com um elástico, dando quantas voltas forem necessárias. Coloque a fita de cetim na agulha grossa e passe-a pela borda superior da meia, conforme ilustrado. Dê um nó nas pontas da fita para ela não sair.

3 Você pode transformar sua bolsinha em um rato. Para o focinho, coloque o primeiro elástico com a meia virada ao avesso, vire-a do lado certo e coloque o segundo elástico.

4 Recorte orelhas de feltro e costure-as. Para os olhos, costure dois botões.

Bolsinha de feltro

1 Recorte um quadrado de feltro e um retângulo da mesma largura, mas cerca de 4 centímetros mais alto. A sobra será a aba para fechar a bolsa, a qual você deve dar um acabamento com tesoura de picotar. Recorte um coração de tecido com a mesma tesoura e costure-o no quadrado.

2 Coloque as pontas de uma fita de cetim entre as duas peças de feltro, conforme ilustrado. Comece costurando pela beirada, fixando a fita de cetim. Observe o detalhe da costura no desenho. Use pedacinhos de velcro para fazer os fechos.

Coloque quaisquer miudezas nessas bolsinhas. Assim, tudo ficará guardado e organizado. Você pode pendurar suas bolsinhas pela fita de cetim.

SEPARADOR DE GAVETA

Idade recomendada: *A partir de 6 anos*
Nível de dificuldade: ☺

COMO FAZER?

1 Pinte as bandejas de ovos de cores diferentes e deixe secar. O papelão absorve muita tinta, então, aplique duas demãos se necessário.

Materiais

- Papelão
- Tesoura
- Cola
- Retalhos de papel de presente
- Bandejas de ovos
- Tintas e pincéis
- Régua

2 Recorte dois retângulos da mesma altura da gaveta. Em seguida, meça a largura e a profundidade da gaveta – estas serão as medidas do comprimento dos retângulos de papelão. Faça um corte no meio de cada peça conforme ilustrado, em um na parte de cima e no outro embaixo.

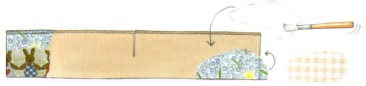

3 Pique o papel de presente. Usando um pincel, passe cola atrás dos pedaços. Cubra o papelão completamente com os pedaços, sem tampar os cortes.

4 Quando secar, junte as partes conforme ilustrado. O separador está pronto para ser colocado na gaveta.

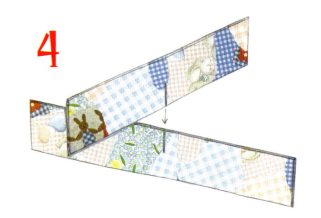

Use as bandejas de ovos para guardar coisas pequenas. Os separadores serão muito úteis para organizar suas roupas íntimas e meias. Assim, você conseguirá encontrá-las facilmente.

QUADRO DE CORTIÇA COM FITAS

Idade recomendada: *A partir de 6 anos*
Nível de dificuldade: ☺

Materiais

- Um pedaço de cortiça de 1 cm de espessura
- Um pedaço de tecido maior que a cortiça
- Fita colorida
- Grampeador ou tachinhas
- Argila colorida
- Alfinetes

COMO FAZER?

1 Recorte o tecido deixando uma margem 3 centímetros maior que a cortiça nas quatro laterais. Dobre a margem superior, e então a inferior, esticando-as.

2 Dobre os cantos para dentro, como na imagem.

3 Depois, dobre as laterais, deixando o tecido bem esticado. Abra o grampeador e fixe dois grampos em cada canto.

4 Recorte pedaços de fita compridos o bastante para serem colocados diagonalmente no quadro.

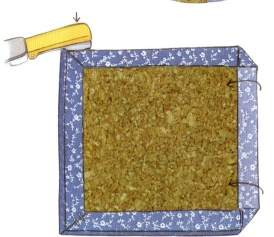

5 Grampeie uma ponta da primeira fita atrás da cortiça, estique-a na frente e grampeie a outra ponta atrás. Faça o mesmo com as outras fitas, primeiro as paralelas, depois as que vão no sentido contrário.

Você pode usar o quadro de cortiça para fixar suas notas, prendendo-as com tachinhas e minipregadores.

Seu quadro de cortiça está pronto! Você pode fazer também suas próprias tachinhas.

6 Você poderá fazer uma joaninha unindo duas bolinhas de argila (uma preta e outra vermelha). Coloque um alfinete nela e reforce com uma cobrinha de argila.

7 Se preferir, você pode fazer os seus alfinetes com bolinhas de isopor.

ALMOFADA DE TACHINHAS

Idade recomendada: *A partir de 6 anos*
Nível de dificuldade: 🙂

Materiais

- Um vaso de flores pequeno
- Um pedaço de tecido
- Uma esponja
- Meia bola de isopor
- Tachinhas
- Argila que seca sozinha
- Tintas e pincéis

COMO FAZER?

1 Cubra a metade da bola de isopor com a esponja, certificando-se de que ela fique bem encaixada no vaso de flores. Em seguida, encape com o tecido. (Caso você ache que não há necessidade, não use a bola de isopor.)

2 Deixe a parte de cima com um formato arredondado. Prenda as dobras de tecido na parte de baixo com alguns alfinetes.

3 Coloque essa peça dentro do vaso, pressionando-a para deixá-la firme.

4 Para fazer tachinhas com figuras, faça bolinhas de argila e coloque-as na cabeça de alguns alfinetes.

5 Modele-as no formato que desejar e não se esqueça dos detalhes.

6 Deixe a argila secar e pinte.

Esta almofada de tachinhas é perfeita para complementar o quadro de cortiça que ensinamos a fazer nas páginas anteriores.

CONJUNTO DE PASTAS

Idade recomendada: *A partir de 6 anos*
Nível de dificuldade: ☺☺

Materiais

- Um fichário
- Tintas, pincéis e um rolo
- Papelão
- Tesoura
- Papel de presente estampado
- Papel branco
- Cola branca e bastão
- Fita adesiva
- Pedaço de tecido
- Fita de cetim

COMO FAZER?

Para uniformizar o fichário

1 Pinte a capa e contracapa com o rolo. Quando secar, recorte motivos do papel de presente que você usará de pintura para forrar a pasta. Cole-os usando a cola bastão.

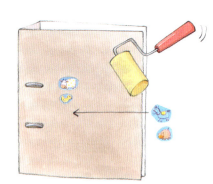

Para fazer a pasta

1 Recorte dois retângulos idênticos de papelão, um pouco maiores que as folhas de desenho que você for guardar. Para fazer a lombada da pasta, recorte dois retângulos de tecido, um do mesmo comprimento do papelão e outro um pouco maior. Dobre as abas da tira maior e cole-as viradas para dentro. Cole a outra tira de tecido por cima. Alise-as e deixe secar.

2 Posicione as duas peças de papelão lado a lado, deixando um espaço entre elas. Use o retângulo de tecido para uni-las com cola, conforme ilustração. Procure deixar a junta firme.

3 Para forrar a pasta, recorte dois retângulos de papel de presente maiores que o papelão e cole-os usando a cola bastão, cobrindo as margens da lombada de tecido. Recorte os cantos e dobre as abas para dentro.

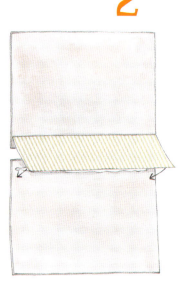

4 Cole as abas do lado de dentro. Depois, recorte dois retângulos de papel branco, um pouco menores que o papelão. Cole-os do lado de dentro, também usando a cola bastão para dar um acabamento melhor.

5 Faça três cortes em cada parte de papelão: um na parte de cima, um na parte de baixo e outro na lateral. Passe um pedaço de fita de cetim por cada orifício e fixe-as com um pedaço de fita adesiva.

Escreva a data e a sua idade em cada desenho. Assim você conseguirá acompanhar o progresso do seu estilo!

61

CAIXA COM ALÇAS

Idade recomendada: *A partir de 8 anos*
Nível de dificuldade: ☺☺

Materiais

- Uma caixa de papelão grosso
- Cola e pincel
- Tesoura
- Tecido grosso colorido liso (como lona)
- Retalhos de tecido estampado
- Papel de presente colorido
- Barbante

COMO FAZER?

1 Recorte as abas que formam a tampa da caixa, de modo que ela fique aberta em cima. Recorte um pedaço de tecido grande o bastante para forrar a caixa por fora, deixando 5 centímetros de margem em cada lado. Cole o tecido nas laterais da caixa, pressionando-o bem.

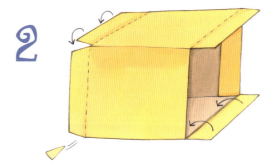

2 Recorte o tecido em cada canto da margem (o fundo terá um acabamento melhor se você recortar triângulos). Cole as margens, deixando-as bem fixas.

3 Recorte um pedaço de papel do mesmo tamanho do fundo e o cole.

4 Depois, forre o interior da caixa com papel. Tire as medidas por fora e lembre-se de deixar sobras no fundo e em uma das laterais. Passe cola e fixe o forro de papel na caixa.

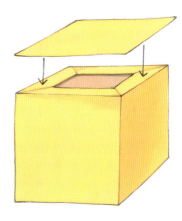
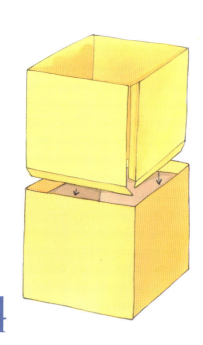

5 Recorte outro retângulo como no passo 3 e cole-o no fundo.

6 Desenhe figuras no tecido estampado e recorte-as. Para terminar, faça furos na parte superior da caixa, dois de cada lado. Passe os pedaços de barbante pelos furos para fazer as alças e dê um nó na parte de dentro.

Guarde seus brinquedos na caixa para mantê-los organizados. Com as alças, você poderá levar a caixa para qualquer lugar que quiser brincar.

CAIXA DE ARQUIVO DO MAR

Idade recomendada: *A partir de 8 anos*
Nível de dificuldade: ☺☺

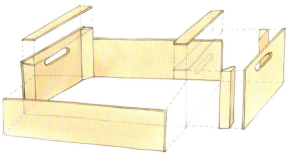

COMO FAZER?

1 Primeiro, você precisa desmontar a caixa de frutas, pois vai usar todas as partes na caixa de arquivo.

2 Os cantos da caixa de frutas serão os separadores. Junte duas peças triangulares para obter uma tira quadrada usando fita adesiva dupla face e cola. Também junte quatro tiras pequenas, colando as mais finas até obter a espessura desejada. Lembre-se de que você precisará de alturas diferentes.

3 Recorte quatro retângulos de altura decrescente, o primeiro e o último de madeira e os do meio de papelão. Faça uma ondulação na peça da frente. Pinte o fundo de azul-celeste e o resto de azul-marinho a azul-claro.

4 Antes de montar, pinte os separadores, deixando as partes a serem coladas sem pintar. Então, cole-as conforme ilustrado usando fita adesiva e cola. Com a ajuda de um adulto, use pregos para finalizar.

Materiais

- Uma caixa de frutas desmontada
- Papelão grosso
- Cola e fita adesiva dupla face
- Pregos pequenos e martelo
- Tinta e pincéis
- Tesoura grande para papelão

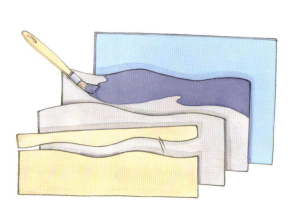

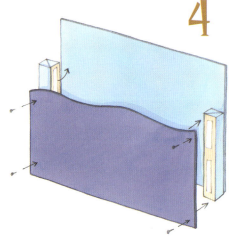

5 Termine de montar todos os retângulos, evitando que os separadores fiquem salientes. Decore a peça da frente pintando algumas linhas brancas onduladas.

6 Meça a base e recorte um pedaço de papelão do tamanho dela para fazer o fundo. Pinte-a e fixe-a.

Tipos diferentes de papel e envelopes de tamanhos variados, tudo ficará ao seu alcance!

7 Quando a caixa de arquivo estiver pronta, você poderá fazer separadores para ela. Corte alguns retângulos um pouco mais altos que a seção em que você irá colocá-los e desenhe um barco em cima. Recorte o contorno e pinte.

CESTO DE LIXO PARA PAPEL

Idade recomendada: *A partir de 6 anos*
Nível de dificuldade: ☺

Materiais

- Um galão grande de plástico
- Cola branca
- Fita adesiva colorida
- Papel de seda colorido
- Pincel

COMO FAZER?

1 Peça a um adulto para recortar a parte de cima do galão.

2 Cubra a borda superior de seu cesto com fita adesiva.

3 Pique alguns pedaços de papel de seda. Coloque um pouco de cola em um prato.

4 Umedeça os pedaços de papel com a cola e cubra toda a superfície do galão. Por último, aplique uma demão da mesma cola com o pincel para dar um acabamento mais resistente.

66

Não jogue papel no chão. Use um cesto de lixo para papel. Quando estiver cheio, esvazie-o no coletor de reciclagem de papel.

BAÚ DO TESOURO

Idade recomendada: *A partir de 8 anos*
Nível de dificuldade: ☺☺

Materiais

- Caixa de papelão com tampa articulável
- Papelão grosso
- Jornal
- Cola branca
- Recortes de revista
- Tesoura
- Fita adesiva
- Fita adesiva dupla face
- Velcro
- Fitas de cetim (estreita e larga)
- Feltro
- Botão, agulha resistente e linha grossa

COMO FAZER?

1 Recorte um retângulo de papelão e cole-o na caixa conforme ilustrado. Encha o vão com jornal amassado até ficar compactado.

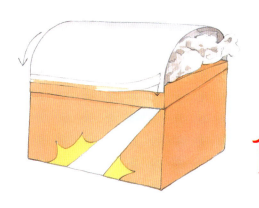

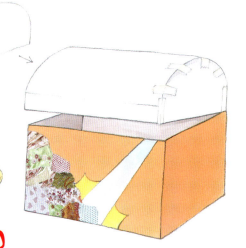

2 Feche as laterais colando com fita adesiva dois semicírculos do mesmo papelão. Reforce a tampa do baú cobrindo-a com uma camada de jornal picado mergulhado em cola diluída. Então, cole recortes de revista sobre todo o baú e passe uma demão de cola sobre ele.

3 Quando estiver seco, aplique a fita adesiva dupla face e cole os dois pedaços de fita de cetim estreita no baú conforme ilustrado. As pontas de cada fita devem entrar nas aberturas.

4 Para fazer o fecho do baú, recorte um pedaço de fita de cetim larga. Dobre uma ponta e cole-a com fita adesiva dupla face. Cole um pedaço pequeno de velcro atrás. Coloque outro pedaço de fita adesiva dupla face na ponta de cima.

5 Fixe o fecho no meio da tampa do baú. Ela será presa em cima e fechará com velcro embaixo. Recorte um coração de feltro e cole-o usando a cola branca.

6 Faça dois furos no coração para costurar o botão.

Guarde seu tesouro neste baú e o esconda em um lugar seguro!

POTINHO DE APONTADOR

Idade recomendada: *A partir de 8 anos*
Nível de dificuldade: ☺☺

Materiais

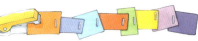

- Pote com tampa de rosca (como um pote de patê)
- Um pedaço de isopor
- Tinta e pincéis
- Uma seringa (ou extrusor de massa)
- Fita adesiva dupla face e cola branca
- Massa de biscuit e uma faca de plástico (ou espátula)
- Argila branca que seca sozinha
- Um ímã
- Um apontador de metal

COMO FAZER?

1 Peça a um adulto para ajudá-lo a cortar um pedaço de isopor no formato de um bolo. Cole-o na tampa do pote com fita adesiva dupla face e cola.

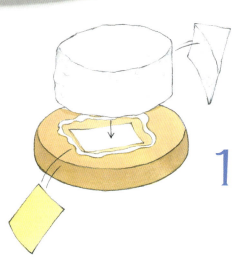

2 Use uma faca de plástico ou uma espátula para cobrir o isopor com a massa de biscuit.

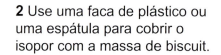

3 Encha a seringa com a massa e decore o seu bolo com ela. Acrescente cerejas e outros detalhes com a argila branca.

4 Quando secar completamente, pinte todo o bolo.

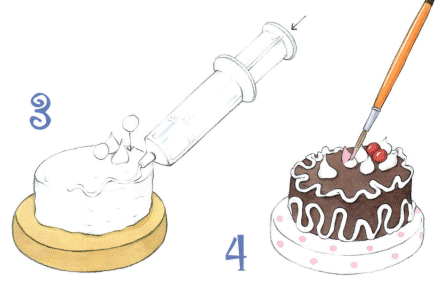

5 Cole o ímã no interior da tampa com fita adesiva dupla face. O apontador ficará guardado ali, preso à tampa, sempre acessível para você usar.

Apontando seus lápis dentro do potinho, você manterá a mesa limpa e o apontador em seu lugar. Lembre-se de esvaziar o potinho quando ele estiver cheio!

SUPORTE PARA FOTOS

Idade recomendada: *A partir de 8 anos*
Nível de dificuldade: ☺☺

Materiais

- Papelão grosso
- Papel-cartão
- Argila branca que seca sozinha
- Tintas e pincéis
- Tesoura grande
- Fita adesiva e dupla face
- Palito de churrasco
- Minipregadores de roupa

COMO FAZER?

1 Para a base, modele uma semiesfera de argila. Faça um furo nela com o palito de churrasco e um corte um pouco mais à frente usando um pedaço de papel-cartão. Deixe secar e pinte.

2 Trace o modelo da página 93 no papelão e recorte.

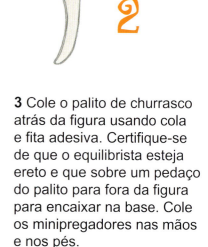

3 Cole o palito de churrasco atrás da figura usando cola e fita adesiva. Certifique-se de que o equilibrista esteja ereto e que sobre um pedaço do palito para fora da figura para encaixar na base. Cole os minipregadores nas mãos e nos pés.

4 Pinte o equilibrista dos dois lados, exceto o rosto (você poderá pintar a região da boca). Recorte outra cabeça de papel-cartão e pinte o rosto nela. Faça uma abertura estreita na boca.

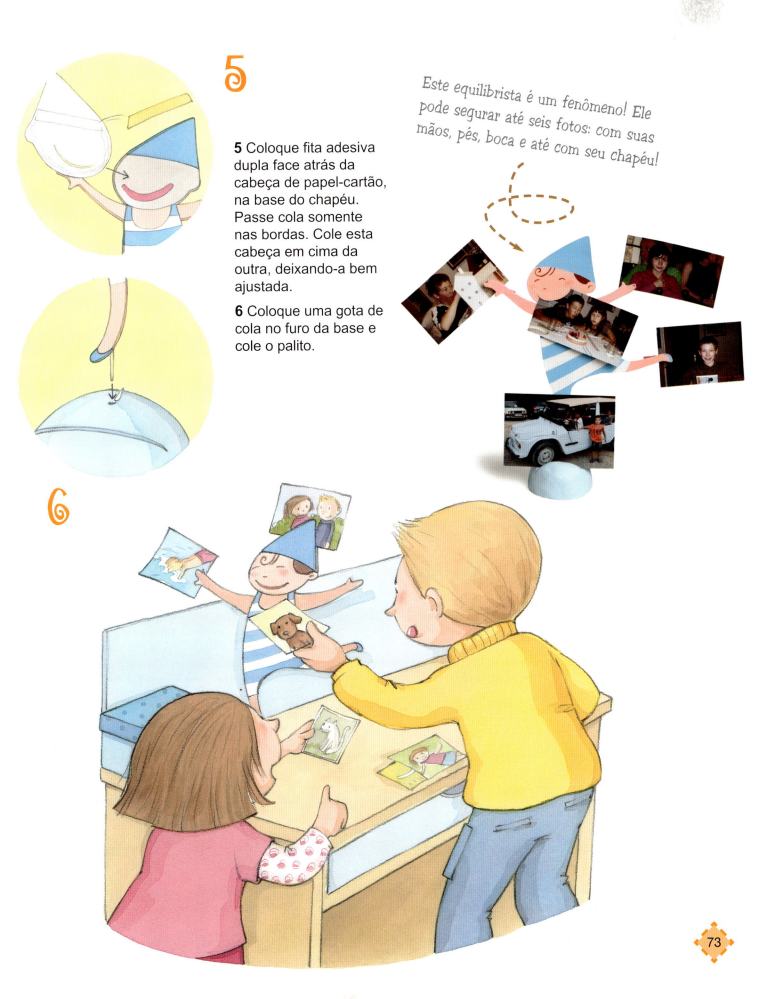

5 Coloque fita adesiva dupla face atrás da cabeça de papel-cartão, na base do chapéu. Passe cola somente nas bordas. Cole esta cabeça em cima da outra, deixando-a bem ajustada.

6 Coloque uma gota de cola no furo da base e cole o palito.

Este equilibrista é um fenômeno! Ele pode segurar até seis fotos: com suas mãos, pés, boca e até com seu chapéu!

FICHÁRIO E CAPA DE LIVRO

Idade recomendada: *A partir de 8 anos*
Nível de dificuldade: ☺☺

COMO FAZER?

Fichário dos livros que você já leu

1 Dissolva a cola na água e mergulhe os pedaços de jornal. Cubra toda a caixa e deixe secar.

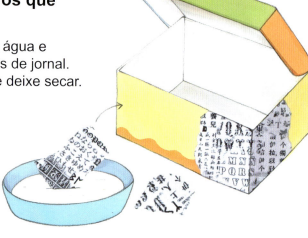

Materiais

- Uma caixa com tampa articulável
- Cola branca e água
- Uma conta
- Um pedaço de arame plastificado (como os que prendem brinquedos na embalagem)
- Papelão
- Tesoura, lápis e régua
- Uma caixa pequena (por exemplo, de remédio)
- Pedaços de jornal ou revista com textos diversos

2 Você poderá usar uma conta como puxador. Passe o arame por ela e então faça dois furos na tampa para fixá-la.

3 Torça o arame por dentro para fechá-lo e cole um pedaço de fita adesiva para fixá-lo melhor.

4 Para fazer as fichas, desenhe um contorno em folhas de papel coloridas e recorte-as do mesmo tamanho do interior da caixa, deixando uma aba na parte superior. Para evitar que as fichas caiam dentro da caixa, forre a caixa menor e a coloque dentro como suporte.

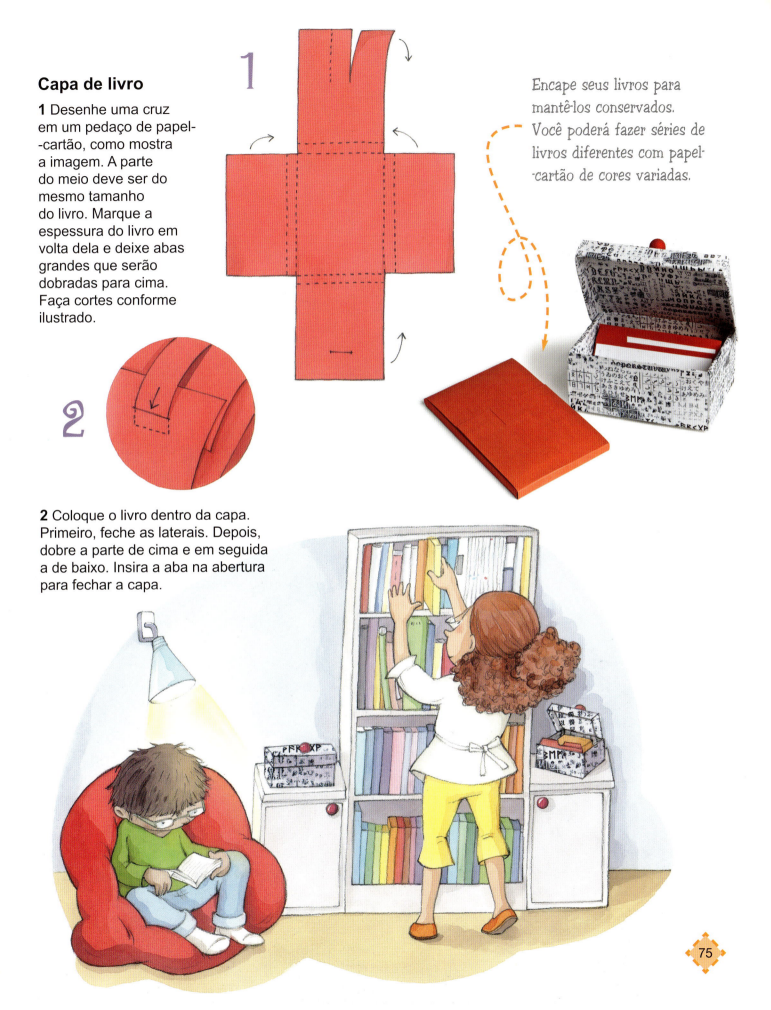

Capa de livro

1 Desenhe uma cruz em um pedaço de papel-cartão, como mostra a imagem. A parte do meio deve ser do mesmo tamanho do livro. Marque a espessura do livro em volta dela e deixe abas grandes que serão dobradas para cima. Faça cortes conforme ilustrado.

2 Coloque o livro dentro da capa. Primeiro, feche as laterais. Depois, dobre a parte de cima e em seguida a de baixo. Insira a aba na abertura para fechar a capa.

Encape seus livros para mantê-los conservados. Você poderá fazer séries de livros diferentes com papel-cartão de cores variadas.

CARRINHO PARA BRINQUEDOS

Idade recomendada: *A partir de 10 anos*
Nível de dificuldade: ☺☺☺

Materiais

- Uma caixa de madeira (de frutas)
- Um pedaço de tecido
- Quatro rodinhas
- Parafusos e chave de fenda
- Tesoura
- Velcro adesivo
- Tintas, pincéis e um rolo de pintura
- Barbante
- Cola
- Fita de cetim, linha e agulha
- Fita adesiva dupla face

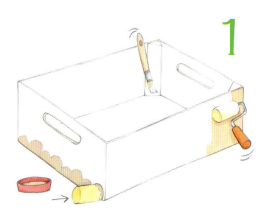

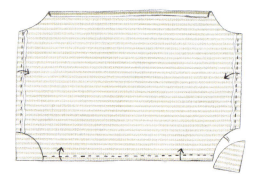

COMO FAZER?

1 Pinte a caixa inteira usando o rolo e use um pincel para os cantos. Você pode usar a ponta do rolo para fazer círculos decorativos.

2 Recorte um retângulo de tecido. O tamanho deve ser o da base e das laterais mais uma margem. Assim, você conseguirá forrar a caixa por dentro e deixar um pouco sobrando. Recorte os cantos conforme ilustrado e faça uma barra colando toda a margem.

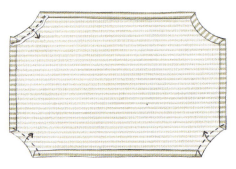

3 Depois, faça a barra dos cantos, sempre do lado de baixo do tecido.

4 Recorte oito pedaços de fita de cetim. Vire o tecido e cole duas fitas em cada canto usando fita adesiva dupla face, e termine dando alguns pontos.

5 Vire a caixa para baixo e fixe as rodinhas. Peça ajuda a um adulto e use parafusos apropriados para a espessura da madeira, de modo que as rodinhas fiquem bem presas. Faça um furo na frente da caixa e passe o barbante. Dê um nó na ponta para prendê-lo.

6 Coloque o forro dentro da caixa, deixando-o centralizado e esticado. Dobre as margens para fora e coloque velcro adesivo para fixar o tecido na caixa. Para terminar, dê laços nos cantos.

Seus brinquedos o acompanharão a qualquer lugar que você for. Quando quiser trocá-los, leve-os para seu devido lugar usando o carrinho e pegue outros.

77

JOGO AMERICANO E ANEL DE GUARDANAPO

Idade recomendada: *A partir de 6 anos*
Nível de dificuldade: ☺

Materiais

- Papelão
- Tesoura
- Lápis
- Pedaços de papel de presente
- Cola bastão
- Tampa redonda ou compasso
- Papel contact transparente
- Régua

COMO FAZER?

1 Para o jogo americano, recorte um retângulo de papelão de aproximadamente 30 cm x 40 cm com os cantos arredondados. Para o anel de guardanapo, recorte outro pedaço de 5 cm x 15 cm.

2 Com um lápis, faça círculos nos pedaços de papel de presente (use uma tampa ou compasso). Recorte quantos círculos achar necessário para decorar seu jogo americano.

3 Passe cola no verso dos círculos e cole-os no papelão. Para o anel de guardanapo, você terá de cortar círculos menores.

4 Use o papel contact para cobrir as peças de ambos os lados. Deixe uma pequena borda para fechar. Veja o passo 6: é preciso deixar uma borda um pouco maior nas pontas do anel de guardanapo.

5 Recorte as bordas do papel contact, deixando uma margem de pelo menos 0,5 centímetro. Arredonde todos os cantos.

6 Para fechar o anel de guardanapo, você terá de unir as bordas do papel contact que ficaram maiores, uma para dentro e outra para fora, encaixando as duas pontas do papelão. Pressione firmemente.

Limpe bem seu jogo americano toda vez que o usar e dobre seu guardanapo dentro do anel.

CONJUNTO DE MESA

Idade recomendada: *A partir de 8 anos*
Nível de dificuldade: ☺☺

Materiais

- Papel-cartão
- Papel contact transparente
- Tesoura
- Recortes de papel de presente
- Compasso ou moldes circulares
- Cola bastão
- Feltro
- Tintas e pincéis
- Argila que seca sozinha
- Velcro adesivo
- Linha e agulha
- Fita adesiva dupla face

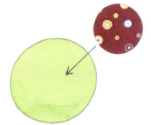

COMO FAZER?

1 Todas as peças serão de papel-cartão: para o porta-copos, recorte um círculo de 8 centímetros de diâmetro. Faça outro círculo menor, de 4 centímetros de diâmetro, para o porta-talheres. Dois retângulos de 8 cm x 11 cm farão um envelope que também poderá ser usado para colocar os talheres. Decore todas essas peças de papel-cartão com círculos recortados de papel de presente. Para o cartão de nome, recorte um retângulo de 6 cm x 2 cm e cole-o em um pedaço de papel de presente maior.

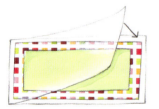

2 Use o papel adesivo para cobrir todos os círculos. Faça o mesmo com o cartão de nome, mas... lembre-se de escrever o nome antes!

3 Recorte as bordas, deixando uma margem de 0,5 centímetro.

4 Para o envelope de talheres, primeiro, cubra com papel contact as duas peças de papel-cartão por dentro, cortando-o bem rente. Então, junte as duas partes e cubra por fora do envelope, deixando uma margem de 8 milímetros de papel adesivo. Corte-o na abertura de cima.

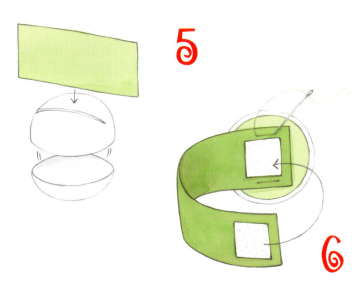

5 Para o porta-cartão, modele uma bola de argila e corte-a ao meio. Use um pedaço de papel-cartão para marcar o lugar em que será colocado o cartão. Quando estiver seco, pinte.

6 Para o porta-talheres, recorte uma tira de feltro de aproximadamente 2 cm x 7 cm. Fixe o círculo pequeno usando fita adesiva dupla face e reforce com linha e agulha. Cole as duas partes do velcro nas pontas da tira, conforme ilustrado, de modo que elas se unam quando a tira for enrolada.

Limpar e arrumar a mesa é uma tarefa divertida que você pode fazer enquanto os adultos preparam a comida.

DOBRADOR DE MEIAS

Idade recomendada: *A partir de 6 anos*
Nível de dificuldade: ☺

Materiais

- Uma garrafa plástica pequena (escolha o tamanho de acordo com o tamanho das suas meias)
- Tinta acrílica, pincéis, pratinhos e um rolo de pintura (opcional)
- Elásticos de cabelo

COMO FAZER?

1 Pinte a garrafa a seu gosto. A cor ficará mais uniforme se você usar um rolo para pintar.

2 Você poderá decorá-la com cores e motivos diferentes usando os dedos ou um pincel.

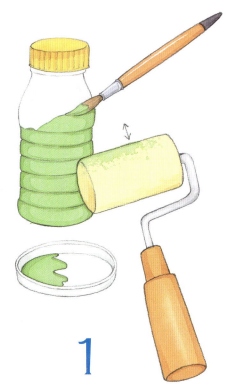

Como dobrar as meias

1 Coloque a meia na garrafa até a ponta ficar sobre a tampa.

2 Depois, role a meia para cima de modo que o calcanhar fique no fundo.

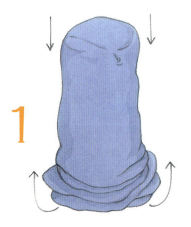
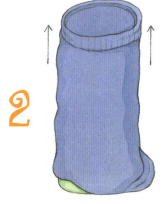

3 Retire a meia da garrafa e achate-a conforme ilustrado. Repita o processo com o outro pé de meia e coloque-o em cima da primeira.

4 Enrole-as juntas.

5 Você pode prendê-las com um elástico de cabelos. Agora pode guardá-las na gaveta, pois estão prontas para o uso!

Você ficará surpreso ao ver como é rápido calçar as meias se dobrá-las dessa maneira. Conte a novidade aos seus amigos!

DOBRADOR DE CAMISETAS

Idade recomendada: *A partir de 6 anos*
Nível de dificuldade: ☺

COMO FAZER?

1 Desenhe no papelão um retângulo do tamanho de uma camiseta dobrada. Na parte de cima, acrescente o contorno de uma cabeça. Recorte.

2 Pinte a seu gosto.

3 Cubra o retângulo com o papel contact (de ambos os lados) para que as camisetas deslizem melhor.

Como dobrar as camisetas

1 Coloque a camiseta aberta, com a frente para baixo, sobre uma superfície plana. Coloque o papelão em cima, com o pescoço alinhado à gola.

2 Dobre uma lateral para dentro.

3 Se a manga for longa, dobre-a novamente para baixo conforme ilustrado.

Materiais

- Papelão
- Lápis e régua
- Tintas, pincéis e pratinhos
- Papel contact transparente
- Tesoura

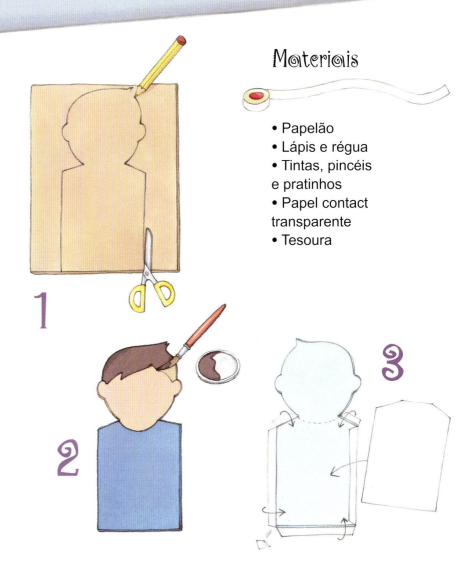

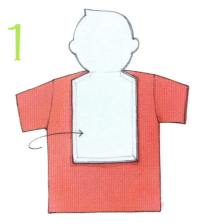

4 Dobre a outra lateral do mesmo modo.

5 Depois, dobre para cima a parte de baixo.

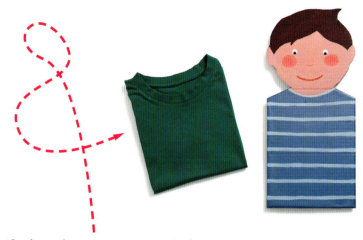

Você verá que, com pouquíssimo esforço, suas camisetas ficarão bem dobradas e não amassarão.

6 Retire o papelão com cuidado. Sua camiseta está pronta para ser guardada!

Alguns conselhos para MANTER-SE ORGANIZADO

Depois de assistir a um DVD ou escutar um CD, coloque-o de volta em sua caixa. Se você deixá-lo fora, ele ficará danificado e poderá ficar inutilizável.

Estenda sua toalha depois de usá-la após o banho. Não a deixe no chão ou mal estendida, pois assim irá demorar mais para secar.

A limpeza e a ordem são necessárias em todas as comunidades e todos devem se responsabilizar por elas, sejam jovens ou adultos.

Muito importante: verifique os bolsos de suas roupas antes de colocá-las para lavar. Pode ser que haja algum lenço ou brinquedo pequeno neles. Além de serem difíceis de sair da roupa depois, eles podem danificar a máquina de lavar. Sua coleção favorita de cartões pode ficar estragada.

Quando tirar seus sapatos, certifique-se de que não haja nenhuma pedra ou sujeira dentro deles, pois isso poderia sujar a casa. O ideal seria tirá-los antes de entrar em um lugar que você não pode sujar.

Quando for arrumar a cama, dobre seu pijama e o guarde em sua capa de pijama ou no lugar em que costuma guardar.

Alguns bons conselhos: leia bastante. Leia tudo o que você gosta, sejam gibis, histórias, livros ou revistas. Quanto mais você ler, mais entenderá seu dever de casa e mais rápido o fará.

É importante fazer o dever de casa. Lembre-se de que todas as crianças do mundo têm deveres para fazer. Prepare seu horário escolar ou monte uma agenda e escreva nela todas as suas tarefas do dia.

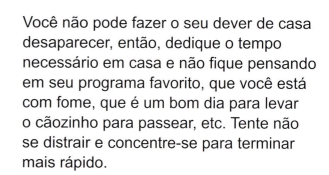

Você não pode fazer o seu dever de casa desaparecer, então, dedique o tempo necessário em casa e não fique pensando em seu programa favorito, que você está com fome, que é um bom dia para levar o cãozinho para passear, etc. Tente não se distrair e concentre-se para terminar mais rápido.

Às vezes, funciona bem fazer seus deveres com amigos. Assim, vocês podem se ajudar e a tarefa não parece uma obrigação.

Seus pais e irmãos mais velhos podem ajudá-lo se você tiver alguma dúvida, mas é melhor você fazer seus deveres sozinho e entregá-los para correção depois.

O ideal é você fazer seus deveres sozinho, em um lugar silencioso. Nunca perto de uma televisão ligada, pois isso pode fazer você perder tempo e não conseguir assistir ao próximo programa quando terminar.

Uma mesa bem iluminada ajuda muito. É bom sempre fazer os deveres no mesmo lugar; ajuda a se concentrar melhor. Coma e beba algo antes de começar, assim você não ficará distraído se estiver com fome. Comece com a matéria que você acha mais difícil.

Lembre-se de sentar-se corretamente.

Na noite anterior, deixe preparado tudo o que você vai precisar para o dia seguinte na escola. Coloque os livros e deveres dentro da mochila e certifique-se de que não se esqueceu de nada. Assim você irá dormir melhor.

MOLDES

Nestas páginas você encontrará os moldes para alguns exercícios descritos neste livro. Eles podem ser usados como modelo para fazer os seus próprios, ou você pode fotocopiá-los para ajudar nos detalhes.

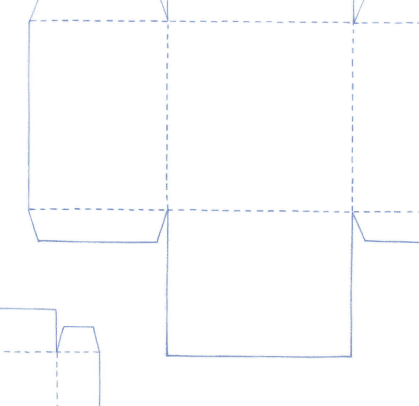

CAIXINHAS

Página 10

(Aumente o molde em 130%)

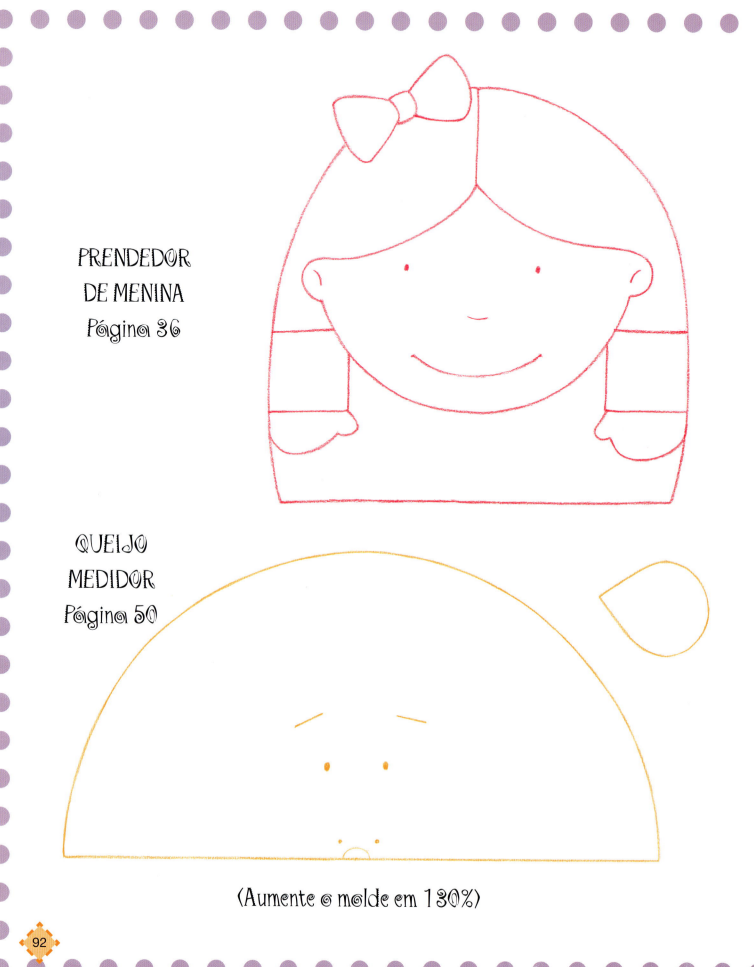

PRENDEDOR DE MENINA
Página 36

QUEIJO MEDIDOR
Página 50

(Aumente o molde em 130%)

SUPORTE PARA FOTOS
Página 72

TABELA de IDADES e NÍVEIS

	Idade	Nível	Página
Porta-trecos	A partir de 6 anos	☺	6
Placa de "não perturbe"	A partir de 6 anos	☺	8
Caixinhas	A partir de 8 anos	☺☺	10
Caixas de brinquedos	A partir de 6 anos	☺	12
Porta-trecos de centopeia	A partir de 6 anos	☺	14
Pato de roupa suja	A partir de 8 anos	☺☺	16
Kit de limpeza de sapatos	A partir de 6 anos	☺	18
Calendário	A partir de 6 anos	☺☺	20
Suporte para esponja	A partir de 6 anos	☺	22
Caixa de presilhas	A partir de 8 anos	☺☺	24
Suporte para elástico de cabelo	A partir de 8 anos	☺☺	26
Bloco de notas	A partir de 8 anos	☺☺	28
Kit de higiene dental	A partir de 6 anos	☺☺	30
Suporte de bichinhos de pelúcia	A partir de 6 anos	☺☺	32
Cofrinhos	A partir de 6 anos	☺	34
Prendedores versáteis	A partir de 8 anos	☺☺	36
Foguete noturno	A partir de 8 anos	☺☺	38
Cabides decorados	A partir de 8 anos	☺☺	40
Porta-joias	A partir de 8 anos	☺	42
Capa de pijama e almofada	A partir de 10 anos	☺☺☺	44

	Idade	Nível	Página
Cestinha de banheiro	A partir de 8 anos	☺☺	46
Suporte de roupa	A partir de 10 anos	☺☺☺	48
Queijo medidor	A partir de 6 anos	☺	50
Bolsinhas de pano	A partir de 8 anos	☺☺	52
Separador de gaveta	A partir de 6 anos	☺	54
Quadro de cortiça com fitas	A partir de 6 anos	☺	56
Almofada de tachinhas	A partir de 6 anos	☺	58
Conjunto de pastas	A partir de 6 anos	☺☺	60
Caixa com alças	A partir de 8 anos	☺☺	62
Caixa de arquivo do mar	A partir de 8 anos	☺☺	64
Cesto de lixo para papel	A partir de 6 anos	☺	66
Baú do tesouro	A partir de 8 anos	☺☺	68
Potinho de apontador	A partir de 8 anos	☺☺	70
Suporte para fotos	A partir de 8 anos	☺☺	72
Fichário e Capa de livro	A partir de 8 anos	☺☺	74
Carrinho para brinquedos	A partir de 10 anos	☺☺	76
Jogo americano e Anel de guardanapo	A partir de 6 anos	☺	78
Conjunto de mesa	A partir de 8 anos	☺	80
Dobrador de meias	A partir de 6 anos	☺	82
Dobrador de camisetas	A partir de 6 anos	☺	84

Organize-se

Texto e ilustrações: Bernadette Cuxart
Fotografia: Pep Herrero
Ideia original, design e layout: Gemser Publications, S.L.

© Gemser Publications, S.L. 2011

© 2012 desta edição:
Ciranda Cultural Editora e Distribuidora Ltda.
Rua Frederico Bacchin Neto, 140 – cj. 06
Parque dos Príncipes – 05396-100
São Paulo – SP – Brasil
Direção geral: Clécia Aragão Buchweitz
Coordenação editorial: Jarbas C. Cerino
Assistente editorial: Elisângela da Silva
Tradução: Fabio Teixeira
Preparação: Michele de Souza Lima
Revisão: Gabriella Antunes e Silvana Pierro
Diagramação: Selma Sakamoto e
Sabrina Junko Nakata

1ª Edição
www.cirandacultural.com.br

Todos os direitos reservados. Nenhuma parte desta publicação pode ser reproduzida, arquivada em sistema de busca ou transmitida por qualquer meio, seja ele eletrônico, fotocópia, gravação ou outros, sem prévia autorização do detentor dos direitos, e não pode circular encadernada ou encapada de maneira distinta àquela em que foi publicada, ou sem que as mesmas condições sejam impostas aos compradores subsequentes.